Das gibt's doch nicht!

*Man erlebt nicht das, was man erlebt,
sondern wie man es erlebt.*

Wilhelm Raabe (1831-1910)

Isa Salomon

Das gibt's doch nicht!

Fünfzig wahre
Schmunzelgeschichten

Bibliografische Information der Deutschen Bibliothek:
Die Deutsche Bibliothek verzeichnet diese Publikation
in der Deutschen Nationalbibliografie;
detaillierte bibliografische Daten sind im Internet
über dnb.d-nb.de abrufbar.

Umschlaggestaltung, Satz und Layout: Mathias Salomon
Zeichnungen: Isa Salomon

1. Auflage © 2017 Isa Salomon
Herstellung und Verlag: BoD - Books on Demand, Norderstedt

ISBN 9783743140691

Inhalt

Doch, das gibt es!	9
Das kleinere Übel (1936)	11
Meine kleine Welt (1938/40)	14
Feucht-fröhlich (etwa 1938)	17
Erste verstohlene Liebe (1939/40)	19
Ein Traum von einem Badeanzug (1942)	23
Ringelblumen (1947)	26
Die „große" Versuchung (1950)	28
Zwickmühle Messestand (1950)	30
Au Backe! (1952)	36
Schnuppi (1951-1963)	38
Wenn einer ein Reise tut … (1960)	48
Erste Eindrücke	49
Die Adri-ah!	50
„Rosamunde" in Albanien	52
Wem gehört der Schatten?	53
Ich de fik?	54
Handel am Tresen	55
Fürs kleine Handgepäck	57

Traum oder Schaum? (1960)	59
Wer zu schnell ist ... (1961)	61
Verfolgt in Bukarest (1964)	63
Donna Poppa (1964)	66
Nur mal gucken (1974)	71
Kleines Flohmarkt-Geschäft (1977)	73
Die „Katze im Sack" (1977)	75
Dümmer geht's nimmer! (1978)	76
Auf eigene Gefahr (70er)	79
Lady in Blue (1981)	81
Wo liegt eigentlich Zypern? (1982)	84
Bückling gefällig? (80er)	88
Morgenstund' ... (1984)	91
Ein Sexualverbrechen? (1985)	94
Bei Licht besehen ... (80er)	97
Ein „feiner" Herr! (80er)	98
Als Untermieter (1975 u. 1990)	101

Schwarze Katze jagen (1989)	106
Liebesbeweis (1993)	111
Die Spree-Hexe (Anfang 90er)	114
Katze und Igel (1994)	116
Ein Mord? (etwa 1994)	117
Selten so gezittert (2006)	120
Wir retten einen Elefanten (2007)	123
Nichts geht verloren (2010)	126
Ein Fehltritt hat Folgen (2010)	127
Dann ziehen Sie sich mal aus! (2012)	138
Hallo, hier ist Christine! (2013)	145
Spatzenmutter oder Spatzenvater? (2013)	153
Aus heiterem Himmel (2013/2014)	155
Vom Dach gefallen (2014)	162
Weniger Füße wären mehr (2015)	164
Seelöwenstraße? (2015)	167
Lustige Versprecher, gesammelt	168

Doch, das gibt es!

Geschichten kann man erfinden oder aber man hält einfach die fest, die das Leben schreibt. Wie langweilig wäre unser Leben, wenn nicht ab und zu etwas passieren würde! Etwas, das nicht alle Tage geschieht. Es müssen keine weltbewegenden Ereignisse sein, häufig ist es nur ein Moment, ein Satz, der uns zum Lachen bringt, uns sprachlos macht oder Herzklopfen verursacht. Vieles vergisst man oder verdrängt es. Manches bleibt jedoch in unserer Erinnerung, und wenn man in seinem Gedächtnis kramt, kommt so einiges zusammen, was für ein Büchlein reicht. Jeder erlebt solche denkwürdigen Situationen, aber nur die wenigsten halten sie fest, schreiben sie auf und machen sie dadurch unvergesslich.
Die folgenden 50 Kurzgeschichten haben, so unterschiedlich sie auch sind, eines gemein: Sie könnten alle mit den Worten „Das gibt's doch nicht!" überschrieben werden. Chronologisch geordnet, reichen sie zurück bis in meine Kindheit, sind Erfahrungen aus der entbehrungsreichen Nachkriegszeit, viele aus DDR-Zeiten bis hin zu den jüngsten, die gerade mal wenige Jahre zurückliegen.
Von den am häufigsten erwähnten Personen sind neben meiner Mutter auch Many, mein erster Mann, meine ältere Schwester Guni, natürlich Heiner, mein jetziger Mann, sowie unser Sohn Mathias zu nennen, mit denen ich viele dieser Ereignisse teilen durfte. Wenn auch nicht alle hier wiedergegebenen Geschichten für mich im Moment des Erlebens zum Schmunzeln oder gar zum Lachen waren, so tun sie dies im Nachhinein fast alle. Man muss nur Abstand gewinnen. Irgendwann kann man darüber lachen.
In diesem Sinne wünsche ich allen Lesern gute und vor allem heitere Unterhaltung!

Isa mit Mutti, 1936

Das kleinere Übel 1936

„Seid doch mal still! Ganz still! – Habt ihr das auch gehört? Ich glaube, hier spukt's!" – Wir spitzten die Ohren, lauschten. – Tatsächlich, unsere Mutter hatte recht: Es spukte.
Es spukte mal hier, es spukte mal da. Kein Wunder, schließlich wohnten wir in einem Jahrhunderte alten Schloss. Nicht so ganz freiwillig, nein, wir mussten, weil unser Vater im Dezember 1935 gestorben war, unsere Wohnung in Piesteritz räumen und Platz machen für seinen Nachfolger. Aber wohin, wenigstens vorübergehend, bis wir eine neue Wohnung in Piesteritz gefunden hätten?
Aus diesem Grunde sind wir, weil sich so schnell auch nichts Günstigeres anbot, im Schloss von Jessen gelandet, meine Mutter, meine Schwester Guni, die damals acht Jahre alt war, und ich, gerade mal sechs. Wir wurden also echte Schlossbewohner, was sich zwar ganz romantisch und feudal anhört, aber unsere Mutter war arm wie eine Kirchenmaus, denn sie bekam nur eine kleine Pension, und die reichte nicht hin und nicht her für uns drei.
Unser kleines, bescheidenes Schloss hatte einen spitzen Turm, der mit Schieferplatten gedeckt war, und jeder, der da hinaufkam, konnte dort mit einem spitzen, harten Gegenstand seinen Namen einritzen. Viele hatten sich hier schon verewigt. Wir kratzten natürlich auch unsere Namen in eine der Schieferplatten.
Ich war gerade eingeschult worden, hier in Jessen, und hatte bereits ein paar Buchstaben gelernt. Mit dem kleinen „i" fingen wir damals an, in Sütterlinschrift: rauf, runter, rauf und ein Pünktchen drauf. Das lange „s" war genauso leicht, und das „a" fiel mir auch nicht schwer. Mehr als diese drei Buchstaben brauchte ich nicht.

Wenn die Schieferplatten an der Turmspitze seit damals noch nicht erneuert worden sind, könnten unsere Namen dort immer noch zu lesen sein.

Unser Wohnzimmer lag direkt über dem Torbogen. Von unserem Fenster aus konnten wir jeden Besucher beobachten, der kam oder ging. Einmal war es ein Bettler, und der klopfte natürlich auch bei uns an die Tür. Aber das war nicht sein Tag. Er hatte Pech; wir besaßen nämlich nur noch einen einzigen Pfennig, den konnten wir nicht noch teilen. Deshalb verhielten wir uns mucksmäuschenstill und machten gar nicht erst auf. Der hätte dumm geguckt: ein Pfennig!

Das war keine leichte Zeit, vor allem für unsere Mutter nicht. Und zu allem Übel spukte es nun auch noch. Nicht nur nachts, sogar am Tage spukte es irgendwo, vor allem aber im Fensterspind unter dem Küchenfenster, wo wir unsere Lebensmittel aufbewahrten, die wenigen, die wir uns leisten konnten. In unserem Schmalztopf fanden wir häufig verräterische Spuren. An Kühlschränke war damals noch lange nicht zu denken. Wer aber spukte da?

Richtig! Wir stellten mehrere Mausefallen in unserem Speiseschränkchen auf – mit verlockendem Speck. Und während meine Mutter in der Waschküche mit der „großen Wäsche" beschäftigt war – es gab ja zu der Zeit auch noch keine Waschmaschinen –, saß ich in der Küche, wartete, lauschte und konnte deutlich hören, wie eine Mausefalle nach der anderen zuschnappte. Sofort sorgte ich für Nachschub, und nach etwa einer halben Stunde lief ich in die Waschküche, um meiner Mutter stolz vier tote Mäuschen zu präsentieren.

In dem Schloss wohnten außer uns natürlich auch noch andere Leute zur Miete wie zum Beispiel ein Junge in unserem Alter mit seiner Mutter und außerdem zwei vornehme, etwas betagte Engländerinnen. Diese beiden Damen deckten eines Tages bei schönstem Wetter ihren Kaffeetisch auf dem Schlosshof in der Sonne. Vermutlich hatte eine von ihnen Geburtstag, denn sie deckten für mehrere Personen ein. Sicherlich waren meine und die andere Mutter eingeladen, bestimmt auch die Verwalterin des Schlosses. Das weiß ich heute nicht mehr.

Alles sah sehr hübsch aus. Den runden Tisch habe ich noch vor Augen: in der Mitte der appetitliche frischgebackene Kuchen mit den herrlichen Streuseln und rundherum die kostbaren Kaffeegedecke.

Aber noch bevor auch nur irgendjemand Platz genommen hatte, tanzten zwei Mäuschen zwischen den Kaffeetassen herum und machten sich über den verlockenden Kuchen her. Die feinen Damen waren natürlich entsetzt, fuchtelten wild mit den Armen herum und mochten absolut nichts mehr davon essen. Wir Kinder aber fanden das ausgesprochen lustig, und das Schönste war: Wir durften schließlich den ganzen Kuchen alleine aufessen!

Übrigens: Die Schlossverwalterin, die ganz erstaunt tat, als sie von den vielen Mäusen in Haus und Hof erfuhr, klopfte meiner Mutter auf die Schulter und meinte strahlend: „Das ist doch fein, dass wir Mäuse haben! Dann haben wir wenigstens keine Ratten!" ...

Wieder was gelernt.

Meine kleine Welt 1938/40

Ich war so zwischen acht und zehn Jahren alt und spielte am liebsten mit Hildchen Schulze, meiner Freundin aus dem Nachbar-Doppelhaus. Sie war fast zwei Jahre älter und einen Kopf größer als ich, und alles, was sie sagte oder machte, fand ich gut und richtig, denn sie war ja die Ältere und musste es folglich besser wissen. Ich war viel zu schüchtern, um anderer Meinung zu sein. Als wir uns einmal bunte Kostüme aus Seidenpapier nähten, weil wir ein paar Tänze vorführen wollten, wählte sie rosa und gelbes Seidenpapier. Das fand sie schön. Ich eigentlich nicht, aber ich dachte immer, die Älteren werden schon recht haben, und so fand ich mich damit ab.

Es gab nie Streit, und wenn wir nicht wussten, was wir spielen sollten, schrieb jeder seine Vorschläge auf einen Zettel, und alles, was übereinstimmte, kam in die engere Wahl, egal ob es die Ausschneidepuppen waren, ob Rollschuhlaufen, Filmbilder tauschen, mit der Katze spielen, turnen oder was auch immer.

Manchmal spielte auch meine Schwester mit. Dann kochten wir auf dem Puppenherd irgendeine komische Erbswurst-Suppe, spielten „Kaufmannsladen" oder „Onkel Doktor". Ich war natürlich immer das Kind, und Hildchen war meine Mutter oder auch der Vater. Meine Schwester war der Doktor. Das lag ihr schon damals.

Einmal haben die beiden getuschelt und mir dann vorsichtig beigebracht, dass ich gar nicht die leibliche Tochter meiner Mutter sei, meine Schwester hingegen ja. Das war natürlich ein Schlag. Ich konnte es gar nicht glauben. Wer aber waren dann meine richtigen Eltern? Das konnte meine Schwester mir auch nicht sagen. Vielleicht hat man mich gefunden, irgendwo. In Gedanken sah ich ein weites Meer, und vorn am einsamen Ufer lag ein nasses Bündel im feuchten Sand. Ausgesetzt! Vielleicht bin ich auch vom Wagen gefallen. Es gab viele Möglichkeiten.

Das beschäftigte mich natürlich sehr. Ich – ein Findelkind? Ich war ganz unglücklich. Meine Mutter sollte also nicht meine Mutter sein? Ich wollte keine andere. Sie war die liebste. Und wenn es nun doch so war? Ich hab sie aber nie gefragt, fraß meinen Kummer in mich hinein und begann, mir alles Mögliche auszumalen. Hat man mich ausgesetzt, weil man mich nicht wollte? Irgendwo an einem großen See? Vielleicht war ich ja in Wirklichkeit eine Prinzessin? Konnte doch alles sein. Im Märchen kommt so etwas hin und wieder vor. Ich lebte manchmal wie in einer Märchenwelt, und eigentlich war der Gedanke gar nicht mal so schlecht, eine Prinzessin zu sein. Mir gefielen immer solche Märchen, die traurig begannen, aber doch gut ausgingen, wie zum Beispiel Aschenputtel, Frau Holle oder Dornröschen. Daher wollte ich unbedingt selbst ein Theaterstück schreiben, um es dann mit Hildchen aufzuführen, bei ihr auf dem Hof, wo wir schon einmal einen Zirkus veranstaltet und unsere akrobatischen Künste vorgeführt hatten. Thema war natürlich „Armes Waisenkind wird des Königs Gemahlin". Was sonst? Das Besondere an diesem Stück sollte die Versform sein, denn das Reimen hat mich schon damals gereizt. Jetzt war ich nicht mehr zu bremsen. Zunächst musste eine Art Textbuch geschrieben werden, obwohl ich damals noch keine Ahnung von solchen Dingen hatte. Und auch die Kulisse musste genau beschrieben werden. Im Kopf war mir schon alles klar: Ein armes Mädchen, das keine Eltern mehr hat, wächst bei der Tante auf und muss ihr den Haushalt führen, kochen und putzen.

Eines Tages steht sie am Küchentisch vorm Fenster und putzt Gemüse. Ihr Blick wandert wieder und wieder sehnsüchtig hinaus in die sommerliche Landschaft, am Horizont ein großer dunkler Wald, aus dem sich ein schmaler Weg durch die Wiesen direkt zu dem Haus der Tante schlängelt.
Sie putzt also das Gemüse, immer einen Blick zum Fenster hinaus, als erwarte sie in der Ferne irgendetwas, und da passiert es auch schon: Sie schneidet sich heftig in den Finger. Das Blut tropft. Und jetzt endlich kommen die ersten Worte, gereimt natürlich. Sie ruft ganz entsetzt:
„Tante Clarissa, ich hab mich geschnitten!"
(Wieder ein kurzer Blick zum Fenster hinaus)
„O, Tante, da kommt ja der König geritten!"
Damit war der Anfang gemacht. Zwei Zeilen. Ich war ganz stolz. Nun fehlte nur noch der Rest. Aber der wollte und wollte nicht kommen. Es ging einfach nicht weiter, nicht damals und auch nicht später. Ich hab es immer und immer mal wieder versucht, aber es fiel mir absolut nichts ein. Selbst heute noch nicht! Manchmal liege ich nachts wach und denke: Jetzt müsste dir doch endlich etwas einfallen. Das kann doch nicht so schwer sein!
Tut es aber nicht. Mein „Werk" ist und bleibt unvollendet. Bestimmt auch besser so. Ein Kitsch weniger!

Feucht-fröhlich 1938

Die Vorfreude war natürlich groß: Es sollte zum Kahnfahren in den Wörlitzer Park gehen. Kahnfahren macht allen Kindern Spaß. Meine Schwester war damals zehn Jahre alt und ich acht. Lang ist's her. Ein guter Bekannter, Herr Lenk, der immer fröhlich und ein richtiger Spaßvogel war, hatte meine Mutter und uns dazu eingeladen. Zunächst sah das Wetter recht vielversprechend aus, aber dann machte es uns doch noch einen, wenn auch nur kleinen Strich durch die Rechnung: Es begann ganz fein zu nieseln, als wir dort eintrafen.
Wie es schien, waren wir die einzigen Spaziergänger an diesem Tag und hatten den ganzen großen Park für uns alleine. Auch gut, dann würden wir auf alle Fälle einen Ruderkahn bekommen. Ohne Sonne war zwar alles nicht ganz so schön, aber eine gemeinsame Kahnfahrt würde uns dafür entschädigen.

Als Herr Lenk beim Bootsverleiher einen Kahn für uns mieten wollte, meinte der:
„Tut mir leid, mein Herr, bei Regen lass ich keinen fahr'n."
„Es regnet doch gar nicht. Das bisschen Nieseln stört uns überhaupt nicht."
„Trotzdem, bei Regen lass ich keinen fahr'n!"
„Aber Sie können doch mal eine Ausnahme machen."
„Nein, bei Regen lass ich keinen fahr'n!", antwortete er ziemlich mürrisch.
So ein humorloser Sturkopf!
„Und ich wette, dass Sie doch einen fahren lassen!"

Herr Lenk machte sich langsam einen Jux daraus und ließ nicht locker. Dem Bootsverleiher wurde gar nicht bewusst, weshalb wir heimlich kicherten.

Und so ging das noch eine ganze Weile hin und her. Er blieb dabei: „Nein, bei Regen lass ich keinen fahr'n!"
Aber: Steter Tropfen höhlt den Stein. Letztendlich hat er dann doch noch einen fahren lassen – und nicht nur einen, sondern uns alle vier.

Erste verstohlene Liebe 1939/40

Das erste Mal verliebt war ich wohl so mit neun oder zehn. Jedenfalls war ich verliebt in einen, den es gar nicht gab, den es nur in meiner Fantasie gab. Kinder haben meist eine rege Fantasie und spinnen sich so allerlei zusammen. Jetzt kann ich ruhig darüber reden, denn inzwischen bin ich über achtmal so alt.

Wir wohnten damals in Piesteritz in der Bergstraße, im letzten Haus. Dahinter befand sich eine riesige Fläche Brachland, bis hin zu den Bahngleisen, mit viel Unkraut, herrlich zum Spielen. Auf der anderen Straßenseite gab es noch ein Haus mehr, und dann war auch da Schluss.

Eines Tages erschienen Arbeiter und begannen, auf dem unbewohnten Grundstück hinter diesem letzten Haus zu buddeln. Das war für uns Kinder natürlich sehr interessant. Täglich wurde der Graben größer und tiefer, und wir sprangen immer vom Rand hinein, wenn die Arbeiter nach Feierabend verschwunden waren. Schon bald wurde ringsherum eine kleine Mauer gebaut, und über Nacht war dann ganz plötzlich sogar ein Wasseranschluss vorhanden. Aha, hier sollte also ein neues Haus entstehen.

Wenn die anderen Kinder mal nicht da waren – wir waren meist drei bis vier Mädchen, manchmal auch ein bis zwei Jungen dabei –, dann bin ich ganz alleine in der Grube, die später einmal der Keller werden sollte, herumgehopst und habe mir ausgemalt, wie es hier aussehen würde, wenn alles fertig ist, wo das Wohnzimmer liegen könnte, das Schlafzimmer und wo die Küche und vor allem, was wohl für Leute hier einziehen würden. Ob sie auch Kinder haben?

In meinen Gedanken zog eine Familie ein, natürlich mit einem Sohn, und in diesen Sohn würde ich mich verlieben und er sich in mich, und später, wenn wir groß sind, würden wir heiraten. Das wäre doch toll. Wenn nur das Haus schon fertig wäre! Aber das dauerte und dauerte – bestimmt ein Jahr.

Irgendwann aber war es dann soweit und eine Familie zog ein: ein Vater, eine Mutter und ein Sohn, ganz wie ich es mir ausgesponnen hatte. Ein Sohn also, in den ich mich verlieben wollte.
Die Familie hieß Schmidt. Na ja, dann würde ich später eben Schmidt heißen müssen. Man gewöhnt sich an alles. Der Sohn hieß Ottfried, auch nicht gerade ein attraktiver Name. Aber weil der Vater Otto hieß und die Mutter Frieda, hatten sie ihren Sprössling auf den Namen Ottfried getauft. Auch das musste ich schlucken. Dazu kam noch, dass er blond war. Dunkelhaarig gefiel mir schon damals besser. Das wäre ja auch nicht weiter schlimm gewesen, aber seine Frisur bestand nur aus einem glatten, gerade geschnittenen Pony, der Rest des Kopfes war kahl. Das war damals bei den Jungs so üblich und vor allem sehr pflegeleicht. Außerdem war er etwas kleiner als ich und auch ein halbes Jahr jünger. Alles nicht optimal! Egal, ich war verliebt, denn ich hatte es mir nun einmal in den Kopf gesetzt.
Ottfried spielte öfter mal mit uns auf der sogenannten „Wiese". Wir sprachen jedoch nie ein Wort miteinander, gaben uns auch nie die Hand, so wie mit Hänschen und Jürgen von nebenan. Die begrüßten uns immer richtig mit Handschlag. Die einzige Berührung kam zustande beim Hasche-Spielen. In Berlin sagte man wohl Einkriegezeck oder einfach Kriegen. Diese Berührung war dann schon das höchste der Gefühle!

Wenn er rannte, dann hielt er seine Hände immer ganz steif und flach. Das fand ich so doof und unnatürlich. Es sah sehr zackig aus, sehr komisch. Schade! Aber auch das musste ich hinnehmen, denn ich wollte mich ja in ihn verlieben.
Bald wusste ich, wann er aus der Schule kam. Dann bin ich flink bei uns im Haus noch eine halbe Treppe höher gelaufen – wir wohnten im ersten Stock – und habe aus dem Flurfenster an der Giebelseite beobachten können, wie er mit der Schulmappe ankam und drüben in seinem Haus verschwand. Das war jedes Mal ein aufregender Moment. Da klopfte mein kleines Herz. – Ach, es war schön, verliebt zu sein!
Nun kam es aber so, dass meine Mutter mit meiner Schwester und mir nach Berlin ziehen wollte und zwar im Januar 1942, mitten im Krieg. Ich weiß nicht, ob ich mich nun freuen sollte oder nicht. Ob Ottfried vielleicht ein bisschen traurig sein wird, wenn ich nach Berlin ziehe? Ob er mir wohl mal schreiben würde? Aber wir sprachen ja so gut wie nie ein Wort miteinander. Woher sollte er wissen, was da in meinem Kopf vor sich ging?
Einmal, als ich bei meiner Freundin Hildchen war und wir gerade aus dem Fenster zur Straße sahen, kam er zufällig vorbei. Er wusste wahrscheinlich schon von unserem Umzug nach Berlin, aber alles, was er über die Lippen brachte, war: „Berliner Pflanze!" Und dabei lachte er auch noch hämisch. Was sollte ich dazu sagen?
Blitzartig war mir der Gassenhauer in den Sinn gekommen: „Denkste denn, denkste denn, du Berliner Pflanze, denkste denn, ick liebe dir, nur weil ick mit dir tanze?"
So war es also. Ihm lag überhaupt nichts an mir. Er konnte ja auch nicht wissen, dass ich in ihn verliebt war. Ich dagegen tat mir schon leid, weil ich bald ohne ihn würde leben müssen.

Wir zogen also nach Berlin, schweren Herzens, vor allem auch wegen Hildchen. Sie war meine beste und einzige Freundin, und ich konnte mir ein Leben ohne sie gar nicht vorstellen. Aber wir schrieben uns Briefe. Ich hoffte immer, in einem ihrer Briefe mal einen Gruß von Ottfried zu finden. Aber nichts kam.

So vergingen die Jahre. Irgendwann fragte ich sie in einem Brief mal „so ganz nebenbei" nach Ottfried. Da schrieb sie: „Der ist ein richtiger Angeber geworden, ein Lack-Affe. Der trägt weiße Glacéhandschuhe." Was für eine Enttäuschung! Für mich brach eine Welt zusammen.

Aber die Zeit heilt bekanntlich alle Wunden, manchmal schnell, manchmal dauert's Jahre. Was für ein Glück nur, dass wir rechtzeitig weggezogen sind! Sonst würde ich heute womöglich „Schmidt" heißen!

1951 heiratete ich – und hieß dann dafür „Meier"...

Alles kam so ganz anders, als ich es mir als junges Mädchen erträumt hatte. Das Standesamt war noch vom Krieg zerstört, und sämtliche Trauungen wurden daher vorübergehend im Rettungsamt vorgenommen. Wie originell!

Ich musste wohl oder übel ein langweiliges hellgraues Kostüm tragen – mit meinen einundzwanzig Lenzen! Es gab nichts Passenderes. Auch mein bestellter Brautstrauß, den wir auf dem Weg zum Standesamt im Blumenladen abholten, war alles andere als zauberhaft. Es war Februar, und es gab nur Tulpen. Wie unromantisch! Und die waren obendrein auch noch gelb. Am liebsten hätte ich gleich wieder kehrtgemacht.

Ein Traum von einem Badeanzug   1942

„Der sieht aber schön aus!", strahlte ich. „Und den hast du wirklich selbst gestrickt? Wie hast du das denn gemacht? Woraus denn?"

Ja, er war wirklich ganz schick, mein neuer Badeanzug, mit dem mich meine Mutti überraschte. Schneeweiß war er, und richtig kostbar sah er aus, war großmaschig aus ziemlich dickem Material gestrickt und hatte ein schräg zur Mitte verlaufendes Muster, also v-förmig wie Fischgräten. Wunderschön! Er fühlte sich ein bisschen flauschig an, wenn man mit der Hand darüberfuhr, fast wie ein Fell, denn er hatte ganz kurze weiche Stoppelchen. Von meinem letzten Badeanzug musste ich mich leider trennen. Er war völlig durchlöchert, und außerdem war ich mit der Zeit doch schon etwas herausgewachsen.

„Na, nun rate mal, woraus der ist", sagte sie. „Das errätst du nicht!"

Nein, das konnte ich nicht erraten. Wolle sieht irgendwie anders aus, und die gab es damals wohl kaum zu kaufen. Es musste etwas anderes sein. Aber was?

„Es sind Mullbinden! Ich hab ihn aus Mullbinden gestrickt!"
„Aus Mullbinden?"
„Ja, aus Mullbinden, mit ganz dicken Nadeln. Was sollte ich denn machen? Zu kaufen gibt's keine Badeanzüge. Da müsste ich ganz Berlin ablaufen, und die Zeit hab ich gar nicht, und du brauchst doch unbedingt einen. – Ich hab sie einfach in schmale Streifen geschnitten."

Einfach ist gut. Das muss ja eine Wahnsinnsarbeit gewesen sein! Aber wenn sie es sagt, wird es wohl so sein. An genügend Mullbinden zu kommen, war für sie kein Problem, denn sie arbeitete damals als Sekretärin oder Buchhalterin in einem Großhandel für textilen Krankenhausbedarf, saß praktisch „an der Quelle" und bekam deshalb diese Dinge günstiger – und vor allem: überhaupt!

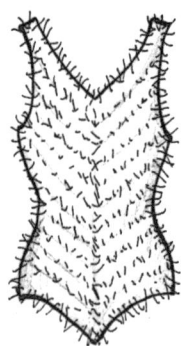

Der Badeanzug war ein Gedicht, passte wie angegossen, und ich war überglücklich, konnte ihn sogar schon bald einweihen, in Weißensee, nicht weit entfernt von unserer Schule. Unsere Sportlehrerin ging eines schönen Tages nach den Sommerferien mit der Klasse noch einmal zum Schwimmen. So etwas wie eine Badeanstalt gab es damals noch am Weißen See, nur Badegäste waren nicht mehr zu sehen.
Wir sollten ein paar Bahnen schwimmen, sprangen also ins Wasser und los ging's. Besonders schnell schwimmen konnte ich noch nie. Einige Mädchen hatten den Bogen raus und zischten davon. Ich aber kam kaum vom Fleck, hatte sogar Mühe, mich über Wasser zu halten. Irgendetwas zog mich heftig nach unten. Ich wusste nur nicht, was es war, geriet fast in Panik, bis ich feststellte, dass es mein Badeanzug war – aus Mullbinden! Der hatte sich im Nu mit Wasser vollgesogen und war dadurch so schwer geworden, dass mir nichts

anderes übrigblieb als aufzugeben. Und ich hatte mich doch so sehr auf das Schwimmen gefreut!

Am Ende der Sportstunde stürmten alle Mädchen in ihre Umkleidekabinen. Wer sich aber weder aus- noch anzog, war ich. Vergeblich versuchte ich mit allen Kräften, meinen Badeanzug abzustreifen, aber ich bekam ihn einfach nicht runter.

Was nun? Alle Mädchen waren schon angekleidet und zum Abmarsch bereit, da versuchte ich immer noch verzweifelt, mich von meinem „Panzer" zu befreien. Es ging einfach nicht. Der Badeanzug war total eingelaufen und rückte und rührte sich nicht.

Ich wurde schon vermisst. Schließlich kamen zwei aus unserer Klasse, um nach mir zu sehen, staunten nur und versuchten sofort mit vereinten Kräften, mit Zotteln und Zerren, mir im wahrsten Sinne des Wortes aus der Klemme zu helfen. Das war vielleicht ein Kraftakt! Mit einer Schere wäre es schneller gegangen. Aber sie schafften es.

Nur schade um den hübschen Badeanzug und vor allem um die viele, viele Arbeit, die darin steckte! Ich war ganz traurig. Meine Mutter ließ sich jedoch nicht unterkriegen. Sie suchte ein paar Wollreste zusammen, lindgrüne und sandfarbene, besser als nichts, und strickte mir nach der gleichen Vorlage einen neuen Badeanzug, zweifarbig, gestreift. Dieser würde beim Baden hoffentlich nicht einlaufen.

Das tat er auch nicht, ganz im Gegenteil. Im Wasser leierte er so aus, dass ich fast zweimal hineingepasst hätte. Der schlabberte nur so um mich herum – wie die Tentakel einer Qualle. Und wieder an Land, hing er wie überflüssige Hautlappen an mir herunter, jedenfalls solange er nass war. Ein trauriger Anblick! Aus diesem minderwertigen Wollgarn hätte man bestenfalls Topflappen häkeln können.

Ringelblumen

Ziemlich grau war jener Novembernachmittag, damals –1947. Und weitaus grauer als der Himmel sah das zerstörte Berlin in dieser Nachkriegszeit aus. Ich war noch ein junges Mädchen von siebzehn Jahren, Studentin, und auf dem Heimweg von unserer Hochschule, die sich zu dieser Zeit noch in Wilmersdorf befand, weil das zerstörte Gebäude in der Hardenbergstraße noch nicht wieder aufgebaut worden war. Ich fuhr mit der S-Bahn, der Ringbahn. Mit der konnte ich entweder über Ostkreuz oder aber über Westkreuz fahren, das war egal. Ich kam immer ans Ziel, denn das lag genau gegenüber: Wilmersdorf im Südwesten, Prenzlauer Allee im Nordosten des Ringes.
Wie jeden Tag stieg ich am S-Bahnhof Prenzlauer Allee aus, um dann mit der Straßenbahn weiterzufahren. Vor dem Bahnhofsgebäude hatte ein Blumenverkäufer einen kleinen Stand aufgebaut. Seine Blumen leuchteten gelb-orange.
Wunderschön!

Er hatte allerdings nur eine einzige Sorte, und das waren Ringelblumen, ein sonniger Blickfang in all dem Grau rundherum. Da konnte man nicht einfach so vorbeigehen. Ich blieb stehen und überlegte, ob ich überhaupt genug Geld bei mir hatte. Eigentlich kamen sie mir wie gerufen, denn meine Mutter hatte genau an diesem Tag Geburtstag, ihren dreiundvierzigsten, und ich wusste, dass sie Ringelblumen mochte, kaufte also gleich einen Strauß und war überglücklich, ihr damit eine Freude bereiten zu können.

Das ist mir auch gelungen. Sie strahlte übers ganze Gesicht und wollte natürlich wissen, wo ich diese herrlichen Blumen ergattert hätte, denn das war damals wirklich Glückssache. Der Geburtstag war gerettet, und die Ringelblumen brachten Sonne in unser Wohnzimmer, nicht nur an diesem 21. November.

Meine Mutter hegte und pflegte ihre Blumen, wechselte jeden zweiten oder dritten Tag das Wasser, und so hielten sie sich eine ganze Weile, blieben frisch wie am ersten Tag. Kein Wunder bei dieser Fürsorge.

„Die halten sich bestimmt noch bis Weihnachten", meinte sie. Ringelblumen unterm Weihnachtsbaum, das hatten wir noch nie!

Ob wir damals überhaupt einen Weihnachtsbaum hatten? Ich denke, ja, aber genau weiß ich das nicht mehr.

Die Tage vergingen. Sie wurden in dieser Jahreszeit sowieso jeden Tag kürzer. Nach etwa drei Wochen standen die Ringelblumen immer noch wie eine Eins in der Vase. Aber das kam meiner Mutter dann doch sehr merkwürdig vor. Skeptisch befühlte sie die Stiele, die Blätter und die Blüten – und plötzlich musste sie schallend lachen.

Und ich natürlich auch.

Die „große" Versuchung 1950

„Ich glaube, wir müssen uns ein bisschen beeilen, wenn wir nicht die Letzten sein wollen!"
„Ja, ja", meinte Fee, meine Freundin, die eigentlich Felicitas hieß, die aber alle nur Fee nannten. „Ich komme ja schon!"
Wir hatten uns, eigentlich mehr aus jugendlichem Übermut, für einen Kursus an der Volkshochschule angemeldet, und der sollte heute beginnen. Da wollten wir natürlich nicht zu spät kommen, vor allem aber einen guten Platz erhaschen.
Als wir dann pünktlich vor Ort erschienen, erwartete uns eine bereits weit geöffnete Eingangstür, und wir gelangten über zwei, drei Stufen ungehindert in den Flur des Gebäudes. Gleich links stand ebenfalls eine Tür einladend weit auf. Hier war vermutlich der Raum, in dem die Veranstaltung stattfinden sollte.
Etwas zögernd traten wir ein. Wir waren die Ersten und schauten uns schüchtern um. Da gab es ausreichend Sitzmöglichkeiten und Tische. Alles war sauber, selbst die große grüne Wandtafel war blitzblank geputzt. Es war schon ein merkwürdiges, fast erhebendes Gefühl, sich in so einem leeren Klassenzimmer zu bewegen, wo wir doch eigentlich froh sein konnten, die Schule endlich hinter uns zu haben. Wir rührten uns kaum, sprachen nur im Flüsterton miteinander und waren gespannt, was nun passieren würde.
Aber nichts passierte. Niemand kam, nicht mal ein Lehrer oder eine Lehrerin, auch kein Leiter, keine Schüler. Wir zwei waren die Einzigen. Es gab auch nirgends einen Hinweis, dass der Kursus ausfallen würde. Nichts.
Wir warteten etwa zehn Minuten, fünfzehn Minuten, dann hatten wir auf einmal keine Lust mehr auf Unterricht und

beschlossen, uns zu verdrücken. Vorher jedoch stellten wir uns noch einmal wie Schüler vor die große Tafel, vielleicht ein letztes Mal in unserem Leben, um uns dann einfach klammheimlich aus dem Staub zu machen. Aber irgendwie reizte uns die blanke Tafel. Zu gerne hätten wir etwas darauf gekritzelt. Da lag ja auch jede Menge nagelneue Tafelkreide bereit! Am liebsten hätte sich jeder von uns ein Stück davon mitgenommen. Einmal im Leben ein Stück neue Schulkreide besitzen – das war doch was! Aber wir trauten uns nicht, überlegten: Sollen wir? Oder sollen wir nicht? Es lag ja genug da. Das sieht doch niemand, meinten wir, und das merkt bestimmt auch niemand, wenn da zwei Stück fehlen. Sie war zu verlockend, die schneeweiße Kreide. Wir konnten einfach nicht widerstehen. Und da immer noch keine Menschenseele hier auftauchte, griffen wir uns jeder ein Stück und verließen rasch den Unterrichtsraum.

Draußen auf der Straße meldete sich dann doch das schlechte Gewissen. Etwas mulmig war uns schon zumute. Was machen wir nun, nehmen wir sie mit oder bringen wir sie zurück?

Das Gewissen war stärker. Wir machten kehrt und legten, ehrlich wie wir waren, unsere beiden Kreidestifte wieder ordentlich in das dafür vorgesehene Fach an der Tafel. Jetzt war uns gleich wohler. Wir waren richtig erleichtert. Obwohl? Die Versuchung war groß. Aber, ach, wozu brauchten wir Schulkreide?

Damit war das Kapitel „Volkshochschule" für uns ein für alle Male gestorben. Es sollte nicht sein.

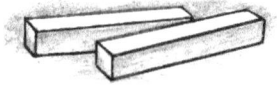

Zwickmühle Messestand 1950

Das war 1950 und ich zwanzig Jahre alt. Der Geschäftspartner meiner Mutter – für uns Onkel Hermann – hatte mir einen Auftrag vermittelt: Drei Plakate für „Biocitin" sollte ich entwerfen, ein großes und zwei kleinere. Dafür bekam ich 40,- DM West und er 10,- DM für die Vermittlung. Das war zwar nicht sehr viel, aber für mich als „Anfänger" und in Ostgeld umgerechnet besser als gar nichts. Jeder fängt ja klein an.
Nun wollte mich der Chef der Firma gern persönlich kennenlernen und ließ anfragen, ob ich nicht Lust hätte, bei der Industrie-Ausstellung am Funkturm im Biocitin-Pavillon mitzuarbeiten, sozusagen als Anziehungspunkt, denn „wenn die Besucher da zwei olle Männer sehen" – er hatte nämlich noch seinen Bruder als Geschäftspartner –, „kommt kein Mensch. Da muss etwas Hübsches, Junges zum Anlocken stehen."
Ich als Lockmittel! Das wollte ich nicht. Außerdem hatte ich auch gar nichts anzuziehen zum Präsentieren.
Aber warum eigentlich nicht? Die Ausstellung würde vierzehn Tage laufen, täglich von 9:00 bis 19:00 Uhr. Wenn ich pro Stunde auch nur eine D-Mark bekäme, dachte ich so bei mir, wären das immerhin am Ende 140,- West-Mark. Dann könnte ich meiner Mutter einen Wintermantel kaufen und noch einiges mehr. Aber ich hatte nicht über die Höhe der Summe zu bestimmen.
Der Chef, Alex Damm, wollte 50,- DM zahlen. Er war vermutlich sehr geschäftstüchtig, etwa Mitte 60, vielleicht auch jünger, denn sein Haar war noch schwarz, streng nach hinten gekämmt, Brille und etwas korpulent. Sein Bruder Herbert war das absolute Gegenteil von ihm, etwas jünger, größer, mittelblond gelockt, sportlich, fröhlich – ein „Hans Dampf in allen Gassen".

Onkel Hermanns Frau, für uns Tante Lotte, versuchte, bei Herbert Damm, dem jüngeren Bruder, ein gutes Wort einzulegen. 50,- DM seien doch ein bisschen zu wenig für zwei Wochen, meinte sie. Er konnte da jedoch nichts machen. Er war ja nicht der eigentliche Chef, sondern nur dessen Bruder. Wahrscheinlich aber hat er mit ihm darüber gesprochen, denn am Ende wurden 100,- DM vereinbart.

Die hätte ich natürlich am liebsten vorher gehabt, um mir etwas zum Anziehen kaufen zu können, aber das war nicht möglich. Deshalb borgte mir Tante Lotte freundlicherweise 70,- DM. Sie wohnte ja in West-Berlin, in Wilmersdorf, besaß also Westgeld.

Am 29. September fuhr ich kreuz und quer durch West-Berlin, und endlich war ich im Besitz eines schwarzen, in sich fein gemusterten Taftrockes für 29,50 DM, die Länge wie es damals üblich war nach dem New-Look, fast bis zu den Knöcheln, und einer weißen Bluse, vorne mit schwarzen Samtbändern durchzogen, für 21,50 DM, außerdem hautfarbene feinmaschige Netzstrümpfe für etwa 10,- DM; die bekamen angeblich keine Laufmaschen. Damit waren schon mal 61,- DM weg, ohne eine Stunde dafür gearbeitet zu haben. Schwarze Wildledersandaletten hatte ich mir schon mal beim Schlussverkauf geleistet, für ganze 9,- DM.

Am Sonnabend, dem 30. September, wurde der Verkaufsstand aufgebaut. Ich fand ihn scheußlich. Am Sonntag, dem 1. Oktober, musste ich schon gegen 9:00 Uhr antanzen und mir anhören, was ich zu tun hätte. Die Eröffnung fand erst am Nachmittag statt.

Da stand ich dann mit einem Stapel Handzetteln auf dem rechten Unterarm, um diese an die Besucher zu verteilen. Gleichzeitig bot ich den Leuten Biocitin-Tabletten zum Probieren an.

Schnell bildete sich eine Warteschlange, nicht etwa meinetwegen, sondern wegen der Tabletten. Die Besucher waren wie wild danach, denn wo es etwas umsonst gab, war der Andrang groß. Auch viele bekannte Gesichter zogen an mir vorbei, grüßten und freuten sich. Das war lustig.

Ich traute mich natürlich nicht, mir auch nur eine einzige Tablette zu nehmen, denn die waren ganz schön teuer, jedenfalls für meine Verhältnisse, aber der jüngere Chef schenkte mir hin und wieder ein paar. Sie schmeckten wie Kreide mit Kakao, aber gar nicht mal so schlecht. Ob sie etwas für die Gesundheit brachten, konnte ich natürlich so schnell nicht feststellen. Ich war ja gesund!

Das ging alles ganz gut. Nur die A4-großen Handzettel, die oben einen breiten rotbraun-gedruckten Rand hatten, verfärbten meinen weißen Ärmel, und ich konnte doch abends die Bluse nicht waschen; die wäre bis zum nächsten Morgen gar nicht trocken geworden. Aber wie immer kam von irgendwo ein Lichtlein her. Als ich am Donnerstag nach Hause kam, hing an unserer Garderobe ein Kleid aus königsblauem Marmortaft, wunderschön! Many, mein Zukünftiger, hatte es heimlich für mich gekauft. Wie eine Prinzessin kam ich mir darin vor. So war die Kleiderfrage erst einmal gelöst.

Allerdings gab es schon bald das nächste Problem bei meiner Arbeit: Als ich einmal für meinen Chef Bier und Schnaps holen sollte – er trank gerne mal „Einen" mit seinen Kunden – und mich mit vollen Händen durch das Menschengewühl zwängte, kam von rechts jemand mit einer Bockwurst in der Hand, stolperte über meinen Fuß und riss mir mit seinem Absatz meinen kostbaren Strumpf auf. Was nun? Vier Tage bin ich dann noch damit herumgelaufen. Täglich wurde das Loch größer. Dann hat sich mein Chef erbarmt und mir Geld für ein neues Paar spendiert.

Schließlich kam der vorletzte Tag, ein Sonnabend. Alex Damm, also der ältere Chef, schenkte mir großzügig zwei Tafeln Schokolade, die ich gleich dankend in meine Aktentasche steckte. Aber auch Herbert Damm, der jüngere Bruder, zeigte sich spendabel, sehr spendabel sogar. Er drehte rasch aus Zeitungspapier eine große Tüte und scheffelte für mich so viele Biocitin-Tabletten wie möglich hinein. Ich wollte das nicht annehmen. Das war ja ein Vermögen! Er war jedoch ganz locker dabei, meinte nur, ich solle seinem Bruder nichts davon verraten. Der sei immer so knauserig. Na gut, ich nahm die Riesentüte und verstaute sie ebenfalls in meiner Aktentasche. Die ging dann gerade noch zu.

Als ich an diesem vorletzten Tag Feierabend hatte, lief ich schnell noch einmal zu einer Bekannten, die an einem anderen Stand arbeitete, etwa fünfzig Meter weiter, um ihr meinen schwarzen Rock zu bringen, den sie sich für einen Abschiedsball von mir ausleihen wollte. Sie schwirrte aber gerade irgendwo herum. Dadurch verzögerte sich alles, und als ich endlich zu unserem Stand zurückkam, war niemand mehr da, weder der eine Chef noch der andere. Und das Schlimmste: Meine Tasche war weg!

Meine Tasche! Was da alles drin war! Meine Hausschlüssel, meine Ausweise, mein bisschen Westgeld, 46,- Ostmark, die zwei Tafeln Schokolade und natürlich – die dicke Tüte mit den Biocitin-Tabletten! Nur meine Sandaletten standen noch da, ganz verloren in einer Ecke. Ich nahm sie in die Hand, eine rechts, eine links. Aber was nun?

Ein Schupo – das war damals die Abkürzung für Schutzpolizei – gab mir eine Zeitung zum Einwickeln. Er brachte mich sogar zum S-Bahnhof, ging dann aber noch einmal mit mir zurück, um die Tasche zu suchen. – Nichts! Die Tasche war und blieb verschwunden. Freundlicherweise brachte er mich noch ein zweites Mal zur Bahn. Eine Fahrkarte hatte ich zum Glück in der Manteltasche. Inzwischen war es halb neun durch. Da wollte ich schon längst woanders sein.

Am Sonntag früh fragte ich den Pförtner in der Ausstellungshalle, ob sich meine Tasche angefunden hätte. Manchmal geschehen ja Wunder und es gibt auch noch ehrliche Menschen. Nein, nichts. Zwei Polizisten brachten mich zur Kriminalpolizei. Dort wurde alles genau zu Protokoll genommen. Anschließend ging ich an meine Arbeit. Es war der letzte Tag der Ausstellung.

Am Nachmittag gegen siebzehn Uhr tauchte mein Chef Alex Damm auf – mit meiner Aktentasche! Er hatte sie am Vortag an sich genommen, weil er dachte, ich sei schon gegangen.

„Es ist noch alles drin", meinte er lakonisch.

Alles noch drin? Mir blieb fast das Herz stehen. Was musste der von mir denken? Und er fügte noch hinzu:

„Auch die Schokolade."

Auch die Schokolade, dachte ich, demnach musste er die dicke Tüte mit den Biocitin-Tabletten auf alle Fälle gesehen haben, ganz klar, denn die lag ja obendrauf, zum Platzen voll!

Was musste er jetzt von mir denken? Ich kam mir vor wie ein armer Sünder, wie ein Dieb, obwohl ich mir nichts zuschulden hatte kommen lassen. Wie sollte ich das erklären? Ich durfte doch nichts verraten, durfte auf keinen Fall die Wahrheit sagen und seinen Bruder verpetzen, aber lügen wollte ich auch nicht. Mir fehlten einfach die Worte. Ich hatte einen dicken Kloß im Hals, brachte kein Wort heraus und machte, dass ich wegkam.

Am Montag wurden sämtliche Stände abgebaut, und ich bekam meine 100,- DM, aber nicht von Alex, sondern von Herbert Damm, dem jüngeren Bruder. Kein Wort über die Tüte mit den Tabletten.
Nun konnte ich endlich meine Schulden bezahlen, auch ein bisschen was einkaufen, und am Ende blieben mir immerhin ganze 16,40 DM – für zwei Wochen Arbeit! Aber auch ein mulmiges Gefühl im Magen – bis heute, wenn ich nur daran denke.

Au Backe! 1952

Magere Zeiten waren das damals, Anfang der fünfziger Jahre: Das Geld war knapp, das Essen war knapp, ich jung verheiratet und keine Ahnung vom Kochen. Da kam es schon mal vor, dass ich Sauerkraut zwei Stunden lang kochen ließ, weil es so im Kochbuch angegeben war, und ich dachte: Das macht sich von allein, da muss man nicht umrühren. Den Topf mussten wir anschließend leider wegwerfen – mit Inhalt.
Einmal hab ich ein kleines Töpfchen mit Milch aufs Gas gestellt, um sie für unsere Katze anzuwärmen, und bin dann nach Weißensee gefahren, um etwas zu erledigen. Die Milch hatte ich völlig vergessen; dieser Topf war danach natürlich auch nicht mehr zu gebrauchen. – Aber wenigstens stand unser Haus noch!
Jedoch, ich war lernfähig und wagte mich eines Tages sogar an einen halben Schweinekopf, den es zufällig günstig zu kaufen gab. Many, mit dem ich inzwischen verheiratet war, meinte, Schweinekopfsülze soll ganz vorzüglich schmecken, so mit Lorbeerblatt und was weiß ich. Das kleine Schweinsauge hatte der Schlächter bereits entfernt, das konnte mich zum Glück nicht mehr anschielen, ebenso das Gebiss, aber sonst war noch alles dran an dem halben Schädel. Eigentlich fand ich ihn ziemlich ekelig, aber da musste ich durch. Die paar restlichen Borsten zog ich mit der Pinzette heraus, und nach dem Waschen kam das gute Stück, zusammen mit den Gewürzen, die im Kochbuch standen und die wir auch zur Verfügung hatten, in unserem größten Kochtopf auf den Gasherd. In zwei Schüsseln konnte nachher das Ganze abkühlen, und es wurde auch tatsächlich feste Sülze daraus.

Am nächsten Tag machte ich schöne Bratkartoffeln dazu. Es war ein richtiges Festessen und schmeckte wirklich ausgezeichnet.

Aber auf einmal klapperte es bei mir im Mund. Da war plötzlich etwas Hartes. Mit der Zunge konnte ich es hin- und herschieben. Ein Knochen? Oder etwa mein Zahn? Mir blieb vor Schreck fast die Luft weg. Ich spuckte es vorsichtig aus. O je, tatsächlich, mein Backenzahn! Ich staunte, wie groß so ein Backenzahn ist. Da musste ja jetzt ein Riesenloch im Kiefer sein. Dabei hatte es doch überhaupt nicht wehgetan.

Ganz vorsichtig fühlte ich mit der Zunge, oben, unten, rechts und links, aber *mir* fehlte nicht ein einziger Zahn!

Schnuppi 1951-63

Many und ich waren erst wenige Monate verheiratet, da wollten wir eines Tages wie so oft meine Mutter und meine Schwester besuchen, klingelten an ihrer Wohnungstür, aber es wurde nicht geöffnet.
„Moment, Moment! Wartet mal, ich mach gleich auf!", hörte ich meine Schwester rufen. Wir warteten gefühlte zwei Minuten, dann öffnete sich die Tür wie von selbst. Und wer begrüßte uns? Nicht etwa meine Schwester, sondern ganz allerliebst eine kleine Katze mit einer riesengroßen hellblauen Schleife um den Hals und einem Schild: „Ich bin Schnuppi Meier".
Meier – so hieß Many, demzufolge auch ich und nun natürlich auch unsere Katze. Wir brauchten uns also wegen eines Namens den Kopf nicht mehr zu zerbrechen.
Schnuppi war tatsächlich noch sehr klein, zwei Hände voll, als wir sie als neues Familienmitglied aufnahmen, wahrscheinlich gerade erst von der Mutter getrennt worden. Aber ganz süß, man musste sie einfach liebhaben. Nachts schlief sie entweder in Manys Hausschuh oder legte sich quer über meinen Hals. Da kitzelten mich dann immer ihre Schnurrhaare, und ihr lautes Schnurren ließ mich nicht schlafen. Es brachte mich immer wieder zum Lachen.
In der ersten Zeit kuschelte sie sich gern unter meine Achsel und sabberte an meinem Flanellnachthemd herum, wobei sie abwechselnd mit ihren Pfötchen arbeitete, vor allem mit den kleinen, spitzen Krallen. Sie dachte wohl, ich sei ihre Mutter. Vergebens, hier gab's keine Milch.
Als sie schon flinker auf den Pfötchen war, kletterte sie gern an unseren Gardinen hoch. Nichts war vor ihr sicher. Und neugierig war sie! Einmal hat sie ihren Kopf in die Öffnung

einer buntbemalten Keramik-Kugelvase gesteckt, um zu sehen, was da wohl drin sein könnte, kam aber nicht wieder raus, steckte fest und fiel schließlich mitsamt der Vase auf den Fußboden. Die zersprang natürlich dabei und so war sie gerettet. Schnuppi. Die Vase war nicht mehr zu retten. Es passierte einmal, dass ich wie üblich morgens den Kachelofen heizen wollte, hatte schon Zeitungspapier und Holzspäne hineingestopft, holte nur noch die Streichhölzer, da kam auf einmal das Papierknäuel aus dem Ofen geschossen und Schnuppi wie ein geölter Blitz gleich hinterher. Von da an hatte sie an einem ihrer Hinter-Pfötchen ein Erkennungsmal: ein braunes Pölsterchen. Ja, da war fataler weise noch ein bisschen Glut vom vorigen Tag im Ofen gewesen.
Was sie gar nicht mochte, waren nasse Scheuerlappen. Nachdem sie einmal versehentlich über einen gelaufen war, der auf der Türschwelle lag, machte sie ab sofort jedes Mal einen großen Satz drüber, auch wenn der trocken war.

Wenn Many sich eine Zigarette in den Mund steckte und Schnuppi damit neckte, schnappte die sich sofort den Stängel und verschwand damit unterm Schrank. Da hatte sie dann zu tun und kaute und kaute. Das Ende vom Lied: Sie fing mächtig an zu würgen, dass wir richtig Angst bekamen, jedenfalls beim ersten Mal. Wir glaubten ernsthaft, sie würde sterben. Aber sie brachte nur eine lange Filzwurst heraus – aus lauter Katzenhaaren. Später erfuhren wir, dass das normal sei. Katzen müssen von Zeit zu Zeit Gras fressen, um die Haare, die beim Fell-Putzen in ihren Magen gelangen, wieder loszuwerden. Gras gab es leider in der Stadt kaum, aber als wir mal einen Topf mit Zypergras geschenkt bekamen, blieb nicht viel davon übrig. Das mochte sie.

Eines Tages hatte ich wie üblich im Westen, am Gesundbrunnen, alles Mögliche eingekauft, was es bei uns im Osten nicht gab – das konnte man damals in den fünfziger Jahren noch –, packte meine Tasche aus und platzierte alles erst einmal auf dem Küchentisch, um mich daran zu erfreuen, ging Hände waschen und räumte anschließend die Lebensmittel weg.
Tage später fiel mir ein: Ich hatte doch diesen Kräuter-Reibekäse gekauft, der in etwa die Form eines kleinen Zuckerhutes hatte, und den man selbst abreiben konnte. Den muss ich wohl im Käseladen liegengelassen haben. Schade, war aber nun nicht mehr zu ändern. Da bemerkte ich plötzlich, dass Schnuppi unterm Schrank mit irgendetwas mächtig beschäftigt war. Aha! Sie hatte sich den Käse geschnappt und ihn mit ihrer rauen Zunge schon seit Tagen bearbeitet, jeden Tag ein bisschen. Der Käse war jetzt nur noch ganz dünn und spitz. Mit der rauen Zunge leckte sie auch gern unsere Augenbrauen. Da konnte sie eben noch verrücktgespielt haben und ungenießbar sein, aber sobald man ihr das Gesicht hinhielt, begann sie zu schnurren und wie wild die Augenbrauen zu bearbeiten.
Anfang der fünfziger Jahre hatten Many und ich uns diese Wohnung mit Laden in der Dimitroffstraße gemietet. Das war unser Start in ein gemeinsames Leben. Hier stellten wir unsere selbst produzierten Bilder aus, immer in der Hoffnung, jemand würde sie kaufen. Das war auch hin und wieder der Fall, die meisten Leute aber zeigten damals zwar Interesse, hatten jedoch nicht das Geld dafür. Essen war wichtiger. Kinder hatten wir nicht, nur unsere Katze. Und die machte es sich gern im Schaufenster gemütlich zwischen all den Bildern, sehr zur Freude der Passanten. So hatten sie immer etwas zum Gucken.

Eines Tages betrat eine Dame unseren Laden, stellte ihre Einkaufstasche in eine Ecke und sah sich interessiert sämtliche Bilder an, die an den Wänden hingen und die auf dem Fußboden dekorativ aufgestellt waren, unterhielt sich sehr lange mit Many. Sie möchte sehr gerne ein Bild kaufen, muss aber noch einmal drüber schlafen, und dann würde sie sich melden. – Ja, ja, das kannten wir schon.

Jedoch kam sie schneller zurück, als wir dachten, bereits nach einer Minute. Aber nicht etwa, weil sie es sich schon überlegt hatte, sondern weil ihre Tasche plötzlich so schwer war – und es darin rappelte!

Ja, Katzen haben eine gute Nase – und wenn der Bückling noch so gut verstaut ist …

Als unsere Bekannten, Otto und Friedel, mal wieder zu Besuch bei uns waren und jeder sein Weinglas auf dem kleinen Tischchen vor sich hatte, kroch sie einfach unter die Tischdecke, sodass die Gläser umfielen. Sie wollte beachtet werden, fühlte sich vernachlässigt. Und als die Friedel anfing zu kichern, hat sie ihr einfach in die Wade gebissen. Sie konnte ihre hohe Stimme nicht vertragen – oder aber, sie mochte keinen Besuch, war eifersüchtig.

Da wir damals parterre wohnten, konnte Schnuppi leicht zum Fenster hinaus auf den Hof gelangen. Wenn sie dann nicht von selbst wieder reinkam, auch auf unser Rufen nicht reagierte, brauchten wir nur den Wasserhahn am Badeofen aufzudrehen und – schwupp – schon war sie da. Zu gerne kämpfte sie mit dem starken Wasserstrahl.

Und wenn die Wanne voll war mit eingeweichter Wäsche, dann balancierte sie immer auf dem Rand herum und versuchte, mit dem Pfötchen nach der Wäsche zu greifen.

Dabei ist sie einmal abgerutscht und in die Wanne geplumpst. Na, da sah sie vielleicht aus! Gar nicht wiederzuerkennen. Wie ein abgezogenes Kaninchen. Von da an hat sie den glatten Badewannenrand peinlichst gemieden.

Einmal im Winter kam sie überhaupt nicht zurück von ihrer Spritztour. Wir suchten tagelang, überall, auch auf dem Schulhof nebenan, denn der war durch eine nicht allzu hohe Mauer von unserem Hof für Katzen leicht zu erreichen, liefen um den ganzen großen Häuserblock herum, befragten alle Nachbarn. Sie war weg. Wir gaben nicht auf. An einem Sonntag, als nebenan kein Schulunterricht stattfand, versuchten wir unser Glück noch einmal auf dem Schulhof. Das Tor war offen; wir konnten ungehindert hinein. Da gab es nämlich ganz hinten auf dem Hof noch ein Gebäude, vermutlich die Verwaltung. Auf alle Fälle befand sich hier der Heizungskeller. Wir schauten in alle Kellerfenster. Die lagen ziemlich tief, und der Schacht war schräg gemauert; so konnten die Briketts oder der Koks ganz einfach hineingeschüttet werden. Immer wieder riefen wir unsere Schnuppi, und tatsächlich, aus einem Schacht bekamen wir eine klägliche Antwort. Da unten saß sie am offenen Fenster und sah uns traurig an, muss wohl abgerutscht sein und kam nun nicht mehr raus. Woran sollte sie sich festkrallen? Ich zog meinen Wintermantel aus und ließ ihn in den Schacht hinunter, hoffte, sie würde daran hochklettern. Aber das kapierte sie natürlich nicht. Es war nichts zu machen. Was nun? Wir mussten irgendwie den Hausmeister ausfindig machen. Das ist uns auch gelungen. Der kam freundlicherweise sofort und schloss uns den Heizungskeller auf. Wir durften mit hineinkommen und unsere Schnuppi glücklich an uns nehmen.

Sechs Jahre wohnten wir in dieser Parterre-Wohnung, dann zogen wir um. Hier in der neuen Wohnung im zweiten Stock konnte keine Katze so einfach aus dem Fenster oder vom Balkon springen. Aber sie hat sich schnell eingelebt.
Was sie besonders liebte, war frisch gebügelte, noch warme Wäsche. Darauf hat sie es sich zu gern gemütlich gemacht. Oder auf dem Fernsehapparat, da war es auch schön warm. Und wenn wir beim Bettenbeziehen waren und zu zweit das Laken ausbreiten wollten – schwupp!, schon war sie drunter. Dann haben wir sie gegriffen, auf das Laken gesetzt und sie damit wie in einer Hängematte hin und her geschaukelt. Das gefiel ihr und hätte lange so weitergehen können.

Unermüdlich war sie auch beim Apportieren, ganz wie ein Hund. Ein kleines Kügelchen aus Silberpapier musste ich in unserem langen Korridor immer wieder ans andere Ende werfen. Sie schoss sofort hinterher, nahm es mit ihrem Mäulchen auf und brachte es zu mir zurück, ganz stolz. Dann tippte sie noch leicht mit ihrem Pfötchen drauf, was so viel hieß wie „noch mal" und schaute erwartungsvoll zu mir hoch. Wenn es nach ihr gegangen wäre, hätte auch dieses Spiel stundenlang gehen können.
Jedes Mal, wenn ich in der Küche begann, Fleisch kleinzuschneiden, war sie sofort zur Stelle. Ich musste also vorher die Tür zumachen, ebenso, wenn ich einen Zwieback essen wollte. Sobald sie das Zermalmen und Kauen hörte, war sie da, war ganz verrückt nach vorgekautem Zwieback. So schnell kam ich gar nicht hinterher, und ein bisschen wollte ich schließlich auch selbst davon essen.
Donner und Blitz mochte sie ganz und gar nicht. Da war sie plötzlich wie vom Erdboden verschwunden. Meist verkroch

sie sich auf dem Hängeboden und wartete im Wäschekorb auf das Ende des Gewitters. Noch schlimmer war es, wenn der Schornsteinfeger fegte, in vier Zimmern und in der Küche. Sie hörte dann nur das laute Poltern der Kugel hinter den Wänden und das Schrubben des Besens, aber es war ja nichts zu sehen! Das war ihr irgendwie unheimlich, und sie raste wie wild durch die Wohnung, spielte förmlich verrückt, wusste nicht, wo sie sich in Sicherheit bringen sollte.

Im Sommer nahmen wir Schnuppi am Wochenende mit hinaus ins Grüne und in den Ferien sowieso. Wir setzten sie in eine große Tasche, zogen den Reißverschluss so weit zu, dass nur noch ihr Köpfchen herausguckte, und so ging es in die S-Bahn. Sie kannte das schon und ließ es sich gefallen, und die anderen Fahrgäste freuten sich.

Natürlich hatten wir Bedenken, sie könnte uns davonlaufen, auf Nimmerwiedersehen, aber wir passten auf. Außerdem war am Anfang für sie alles so neu und ungewohnt, da blieb sie lieber in unserer Nähe. Es gab ja auch hier genug zu entdecken. Zum Beispiel saß einmal eine kleine Brandmaus auf unserer Türschwelle, die hat sie nur sehr interessiert beobachtet, höchstens mal mit dem Pfötchen angetippt.

Oder eine Mäusefamilie, mindestens fünf Junge, auch denen hat sie nichts getan. Sie hat das Mäusefangen ja nie gelernt, von wem auch?

Eines Tages aber war sie auch hier verschwunden, einfach so. Wir suchten überall in der Nähe und im größeren Umkreis, riefen ihren Namen, fragten die Leute – nichts. Schließlich brachten wir einen Zettel an der Bushaltestelle an, setzten zwanzig Mark Belohnung aus. Aber nicht eine Menschenseele meldete sich. Das war eine traurige Zeit. Da haben wir erst mal gemerkt, wie einem so ein Tier ans Herz wachsen kann, trotz all seiner Macken. Wir versuchten es aufs Neue und setzten diesmal fünfzig Mark Belohnung aus. Das war viel Geld in den fünfziger Jahren. – Nichts tat sich. Der Sommer ging zur Neige, es wurde schon viel früher dunkel, und es nieselte. Da klopfte eines Abends gegen neun Uhr jemand an die Tür. Ich war an diesem Tag ganz allein, bekam erst mal einen Schreck. Um diese Zeit kam sonst nie jemand unangemeldet zu uns. Eine ältere Männerstimme sagte: „Ich komme wegen ihrer Katze!" Aber er hatte keine Katze bei sich, meinte nur, in seinem Garten sei öfter eine aufgetaucht und er hätte ihr manchmal Milch hingestellt. Aber sie ließe sich nicht greifen. Vielleicht war es ja unsere. Wirklich geglaubt habe ich zwar nicht daran, aber möglich war es ja. Schnell schnappte ich mein Fahrrad und fuhr hinter dem Mann her.

Aber in seinem Garten war keine Katze zu sehen. Ich stand ganz enttäuscht am Zaun. Erst als der Mann sich vorsichtshalber zurückgezogen hatte und in seinem Haus verschwunden war und ich mehrmals ihren Namen rief, kam sie tatsächlich ganz vorsichtig durch das Gebüsch auf mich zu und maunzte jämmerlich. Ich glaub, ich war noch nie so glücklich wie in diesem Moment. Aber sie kam nicht mit ihrem Köpfchen durch den Zaun. Ich musste also doch den Garten betreten. Widerstandslos ließ sie sich von mir greifen. Völlig nass war sie vom Regen, aber leicht wie eine Feder, nur noch Fell und Knochen. Schnell verstaute ich sie im Rucksack des Mannes und dann fuhren wir zurück. Er freute sich über seinen Finderlohn und ich über unseren „verlorenen Sohn".

Ja, richtig: Schnuppi war ja keine Katze. Sie war, wie schon erwähnt, ein Kater, allerdings ein kastrierter. Für uns blieb er jedoch immer eine „SIE".

Gefressen hat sie nach ihrer ungewollten Hungerkur nur ein kleines bisschen Fischpelle, keine Wurst, keine Ölsardinen. Und dann, auf der Couch, lag sie auf mir drauf, mit ihrem Gesicht ganz dicht an meinem Kinn, und schnurrte, schnurrte so laut wie noch nie, fast wie ein Schleifstein. Ich musste heftig lachen.

Als sie zwölf Jahre alt war und ich seit wenigen Monaten mit ihr allein in der Wohnung, weil Many gestorben war, tat sie mir so leid, denn ich musste jeden Tag zur Arbeit, und ans Alleinsein war sie gar nicht gewöhnt. Wahrscheinlich hat sie den ganzen Tag über nur an der Korridortür gesessen und gelauscht, ob ich endlich komme. Ihr Katzenklo hat sie nur noch selten benutzt. Ich musste schließlich die ganze Auslegware entsorgen.

Ein Herr aus der Nähe von Rheinsberg erzählte mir von einer Frau, die herrenlose oder alte Katzen aufnimmt. Die wollte er mal fragen, ob sie noch eine nehmen würde. Seine beiden Kinder kannten diese Frau und ihre Katzen auch sehr gut. Schweren Herzens entschloss ich mich, Schnuppi herzugeben. Sie sollte es schließlich gut haben und mit ihresgleichen zusammensein.

Also wurde sie eines Tages in eine Tasche gepackt und im Auto, einem alten weißen Mercedes, auf der Rückbank platziert. Die beiden Kinder wussten nichts davon. Sie waren an diesem Tag in Berlin nicht mit dabei. Ich sehe noch, wie traurig Schnuppi mich beim Abschied durch die Fensterscheibe angesehen hat. Am liebsten hätte ich sie auf der Stelle wieder herausgezerrt. Aber sie würde es ja nun besser haben als hier so alleine in der Wohnung. Es war schon die beste Lösung.

Ein paar Wochen später fragte ich die beiden Jungs, ob sich unsere Katze schon bei der alten Dame eingelebt habe. Sie sagten, sie hätten sie dort gar nicht gesehen. Die war da nicht. Bis heute lässt mir das keine Ruhe: Wo ist Schnuppi geblieben? Abgefahren ist sie, aber angekommen ist sie nicht. Ist sie unterwegs einfach ausgesetzt worden? Das möchte ich mir gar nicht vorstellen. Erfahren habe ich es nie.

Wenn einer eine Reise tut
– zum Beispiel nach Albanien …

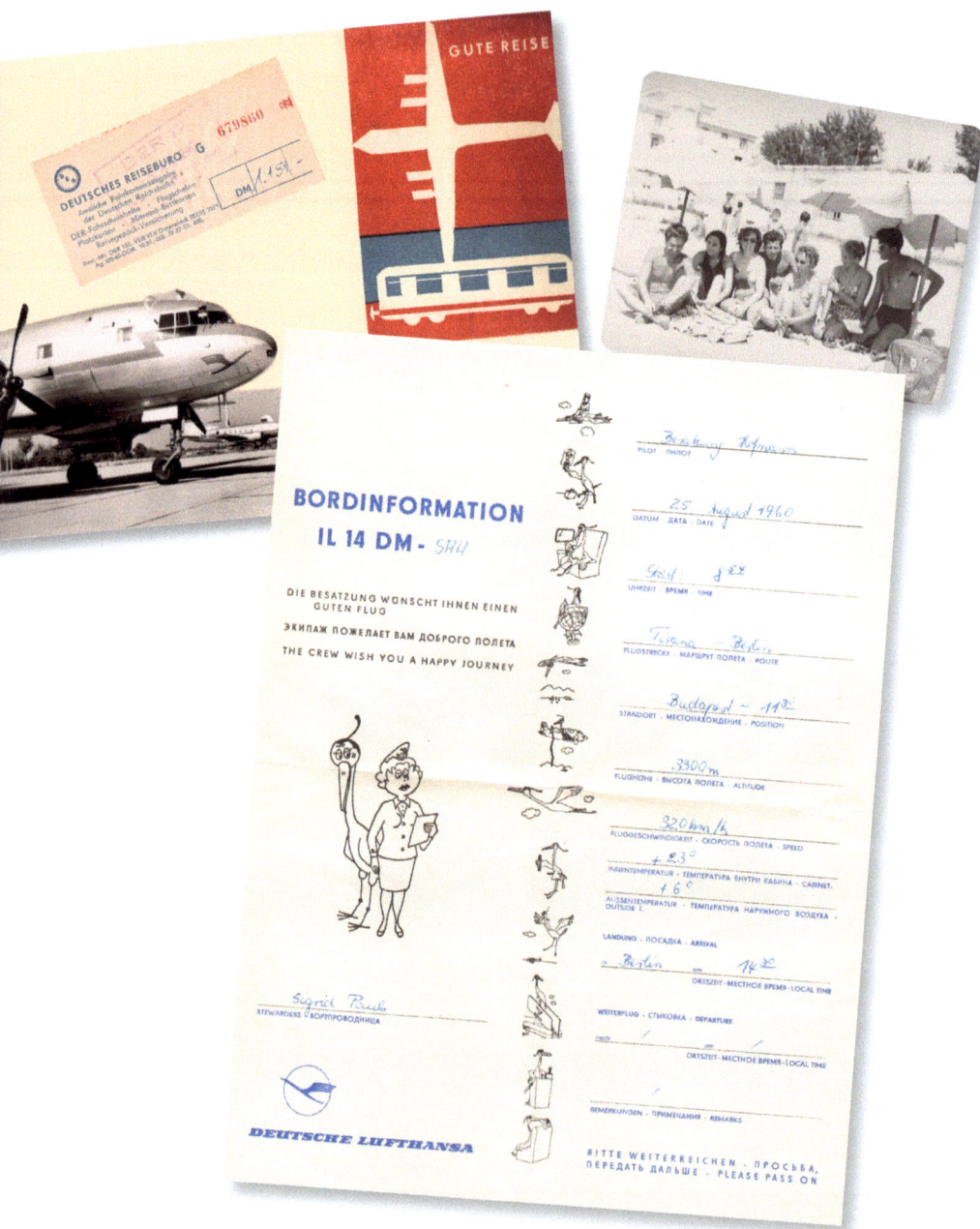

Erste Eindrücke

August 1960. Nach einem, wegen starken Unwetters über Jugoslawien um 24 Stunden verschobenen Fluges sowie einer Zwischenlandung mit Übernachtung in Belgrad aus demselben Grund, landete unsere IL 14 am dritten Tag unseres Urlaubs endlich in Tirana, wo uns angeblich fünfundfünfzig Grad Hitze erwarten würden. Etwa im Schatten? Das wurde nicht gesagt. Wir waren gespannt.

Von hier ging es aber nicht gleich weiter nach Durres, unserem eigentlichen Reiseziel, nein, ein Bus fuhr uns noch nach Shkodra im Norden Albaniens, wo wir die dritte Nacht unseres Urlaubs verbringen durften, am vierten Tag dann über Kruja im Gebirge endlich nach Durres, direkt am Adriatischen Meer. Es war meine allererste Auslandsreise.

Adria – wie das klang! Fantastisch!

Uns wurde ein Zimmer in einem Bettenhaus zugewiesen, Fenster natürlich nach hinten raus, keine Sicht aufs Meer, nur ein Hügel vor der Nase mit vertrocknetem Gestrüpp. Und direkt über der Küche. Der Geruch war auch danach. Ein kleiner Lieferwagen brachte gerade eine offene Ladung Fleisch, irgendwelche großen Tiere ohne Fell und ohne Köpfe, vermutlich Schafe. Da sie so nackt übereinanderlagen, konnte man das schlecht erkennen.

Völlig enttäuscht ließ sich meine Schwester aufs Bett fallen und fing an zu jammern: „Ich will nach Hause! Ich halt' das hier nicht aus! Das ist ja furchtbar! In Bulgarien war's viel schöner." Aber das war nun nicht mehr zu ändern. Ich dagegen war gut gelaunt und versuchte, die orientalische Dudelei, die aus irgendeinem Lautsprecher ganz in der Nähe zu uns drang, nachzuahmen. Da musste sie dann doch wieder lachen. Es nützte ja nichts. Da mussten wir durch.

Die Adri-ah!

Unser Reiseleiter warnte uns vor dem salzigen Meerwasser, es hätte mindestens 2,5% Salz, und wir sollten nach Möglichkeit beim Baden den Mund geschlossen halten.
Was sind schon 2,5 % Salz? Mutig stürzte ich mich ins Wasser. Einfach herrlich: der Duft nach Sommer, nach Meer, der Kampf gegen die hohen Wellen, die von weit her auf mich zurollten, mich erfassten und immer und immer wieder zurückwarfen, eine Riesenwelle nach der anderen. Das machte richtig Spaß. Es war fantastisch, so ganz allein, über mir der Himmel, vor mir nichts als die Adria. Aber wie sehr ich mich auch bemühte und „ruderte", ich kam überhaupt nicht vom Ufer weg.
Jedenfalls kam es mir so vor. Und andauernd musste ich spucken. Irgendwie kam ja doch immer wieder Wasser in den Mund. 2,5 Prozent Salz? – Gefühlte 25 Prozent! Das war ja ekelhaft! Jetzt wollte ich doch lieber wieder zurück an den Strand und unter den Sonnenschirm. Also kehrt und schnell raus!
Aber als ich mich umdrehte, war das Ufer in weite Ferne gerückt, und die Gebäude, die ich sah, waren winzig und außerdem völlig andere. Wo war unser Hotel? Und wo waren die anderen Badegäste? Ich ruderte und ruderte in Richtung Land, aber mir war, als entferne ich mich immer mehr. Und kein Mensch in meiner Nähe! Das war vielleicht ein Gefühl. Sah mich denn hier niemand? Nein, ich war schon viel zu weit draußen, für andere sicher nur noch ein kleiner Punkt, wenn überhaupt. Ich dachte schon: Das war's jetzt! Hier komme ich nie mehr lebend raus.

Da tauchte plötzlich zu allem Übel direkt neben mir, laut schnaubend, ein Ungetüm auf, dem die nassen schwarzen Haare im Gesicht klebten. Furchterregend! Jetzt fasste er mich auch noch an. Ich fühlte seine Hand in meiner Magengegend. Das ging zu weit. Meine Angst schlug in Panik um. Ich versuchte zu entkommen. Vergebens. Dann aber merkte ich, dass er mir nur helfen wollte, ans Ufer zu gelangen, und schließlich schafften wir es mit vereinten Kräften. Puh! Da hatte ich mal wieder einen Schutzengel gehabt. Engel sehen demnach nicht immer aus wie Engel. Nun musste ich nur noch den Platz mit unserem Sonnenschirm finden, der war bestimmt über hundert Meter weiter südlich. Mein Lebensretter brachte mich heil zurück zu meiner Schwester, die mit zwei anderen jungen Frauen aus unserer Reisegruppe, mit denen wir uns inzwischen angefreundet hatten, unterm Schirm saß. Sie waren so in ihre Gespräche vertieft, dass sie mich gar nicht mal vermisst hatten, wunderten sich wahrscheinlich nur, dass ich plötzlich in Begleitung vor ihnen stand.
Das war meine erste Begegnung mit einem Albaner. Leider konnte er kein einziges Wort deutsch sprechen. Auch seinen Bruder lernten wir kennen, der konnte ebenfalls kein Deutsch. Aber dann hatten die beiden Brüder eine Idee: Sie holten einen Bekannten dazu, angeblich Maler und Dolmetscher. Wie ein Maler sah er nicht gerade aus, wie ein Dolmetscher schon eher. So hatten wir mit einem Mal zusätzlich drei Albaner unter unserem Sonnenschirm, das war zwar eng aber sehr lustig, weil wir uns trotz aller Bemühungen nicht besonders gut verständigen konnten.

„Rosamunde" in Albanien

Diese drei einheimischen jungen Männer luden uns für den Samstagabend zum Tanz mit deutscher Musik auf der Seebrücke ein. Na ja, warum nicht? Trübsal blasen kann man auch zu Hause. Also trafen wir uns zur vereinbarten Zeit, fanden auch einen freien Tisch, nahmen Platz, bestellten Rotwein, und schon forderte mich ein fremder Albaner zum Tanz auf. So war das natürlich nicht gedacht. Ich dankte und blieb sitzen.

Als „Rosamunde" gespielt wurde, eine allen bekannte Polka, wollte natürlich niemand stillsitzen, auch nicht Tahib – so hieß mein Retter – und er forderte mich auf. Wir waren noch nicht mal auf der Tanzfläche, da landete die Faust des Kerls, dem ich zuvor einen Korb gegeben hatte, mitten in seinem Gesicht, direkt auf Auge und Augenbraue, so dass es heftig blutete. Jemand mit einem Glas Wein in der Hand musste wohl dummerweise in dem Gedränge dazwischengeraten sein. Jedenfalls landete der ganze Inhalt auf meinem schönen kornblumenblauen Popeline-Lieblingskleid.

Damit war dann dieser Tanzabend auch schon beendet, noch bevor er richtig begonnen hatte, jedenfalls für uns. Wir suchten sofort einen Sanitäter auf, der nahm sich des Verwundeten an und versorgte die Platzwunde.

Mein Kleid, voller Rotweinflecken, mussten wir schnellstens mit Salz bestreuen, wenn es gerettet werden sollte. Also rasch zurück ins Hotel. Tahib haben wir danach tagelang nicht gesehen. Eigentlich war das alles meine Schuld. Wenn man einem Albaner einen „Korb gibt", darf man danach nicht mit einem anderen tanzen, der fühlt sich dadurch in seiner Ehre verletzt. Das erfuhren wir erst nach diesem Abend von unserem Reiseleiter. Zu spät. Andere Länder – andere Sitten.

Wem gehört der Schatten?

Die meiste Zeit unseres Urlaubs verbrachten wir am Strand. Wir wollten vor allem schön braun werden, ich jedenfalls, meine Schwester eher nicht, sie wurde höchstens rot und bekam Sommersprossen. In der Sonne aber hielten wir es kaum aus, nur unterm Sonnenschirm, und der war uns zum Glück vom Hotel zugeteilt worden.

Manchmal saßen am Strand auch albanische Frauen ganz in unserer Nähe in der knalligen Sonne, meist in Unterkleidern, mit ihren Kindern oder Enkelkindern und betrachteten und beneideten uns da unter unserem Schirm. Für sie waren wir vermutlich wie Wesen von einem anderen Stern.

Oder aber, sie warteten nur darauf, dass nachmittags mit der etwas schräger stehenden Sonne der Schatten unseres Schirmes zu ihnen wanderte. Das konnten sie sich ja ungefähr ausrechnen, hatten vielleicht schon Erfahrung damit. Warum ließen sie sich nicht etwas weiter entfernt von uns nieder? Und somit saßen sie glücklich in „unserem" Schatten und wir, zwar unterm Schirm, aber doch in der prallen Nachmittagssonne. Schräg stellen ließ sich der Schirm nicht. Was sollten wir nun machen? Hingehen und sagen: Weg hier, das ist unser Schatten! Das ging natürlich nicht, denn schließlich war das ja auch ihr Strand.

Innerlich kochten wir – und nicht nur wegen der Sonne.

Ich de fik?

Nach Möglichkeit unternahmen wir alles in der Gruppe, man weiß ja nie! Ein junger Mann, der eigentlich gar nicht wie ein Albaner aussah, aber davon gab es viele, riet uns, doch mal mit dem Bus nach Durres zum Basar zu fahren, das sei sicherlich interessant für uns.

Gute Idee, einen Basar wollten wir unbedingt kennenlernen. Also stiegen wir ein. Gleich rechts vom Eingang wurde bezahlt. Die Kassiererin hatte einen flachen Karton vor sich. Darin häuften sich viele kleine Geldscheine. Das sah fast aus wie trockenes Herbstlaub, so durcheinander, gar nicht wie Geld. Es gibt zwar den Spruch „Geld stinkt nicht", doch wer das behauptet, hat dieses hier noch nicht zwischen den Fingern gehabt. Und ob Geld stinkt! Widerlich roch es, und dreckig war es vom Schweiß, vom Tabak und wer weiß, wovon noch. Da konnte einem übel werden. Kein Wunder: Manche Männer bewahrten gleich eine ganze Handvoll Scheine unter ihrem Fez auf, direkt auf der schwitzigen Kopfhaut.

Im überfüllten Bus saß mir dann derselbe junge Mann, der uns den Tipp mit dem Basar-Besuch gegeben hatte und rein äußerlich einen ganz manierlichen Eindruck machte, direkt gegenüber – Zufall oder nicht? – und versuchte, nachdem wir schon ein paar Minuten gefahren waren, mit mir ins Gespräch zu kommen. Er tippte auf seine Brust und meinte:

„Ich, de fik!", und dann zeigte er mit dem Finger auf mich und fragte: „Du?"

Ich tat, als hätte ich gar nichts gehört, als hätte er gar nicht mich gemeint. Da wiederholte er das Ganze noch einmal:

„Ich, de fik! Du?" Ich glaube, ich bin rot geworden, jedenfalls hatte ich so das Gefühl.

Die sind ja sehr direkt hier in Albanien, dachte ich und blieb stumm, schaute einfach zum Fenster hinaus. Am liebsten wäre ich aufgestanden, aber ich war so eingeklemmt, das wäre gar nicht gegangen, und wo sollte ich auch hin? Die Menschen im Gang standen alle wie die Ölsardinen. Da war nicht ein Zentimeter Platz.

Mein Gegenüber gab nicht auf und nahm noch einmal Anlauf. Ich stellte mich taub, verstand sowieso kein Wort. Wenn wir nur bald am Ziel wären! Aber das dauerte. Schließlich mischte sich sein Sitznachbar ein, ein etwas älterer Mann, der das Ganze verfolgt hatte, und meinte sehr freundlich:

„Sein Name ist Tefík. Er möchte gern wissen, wie Sie heißen."

Ach, so war das also. Ich verriet ihm zwar meinen Vornamen, wollte nicht ganz so unhöflich sein, mehr sagte ich aber nicht und war froh, als der Bus endlich in Durres ankam und ich aus der Nummer raus war. Zum Glück „verschluckte" uns der Basar dann schnell.

Handel am Tresen

Eines Tages, als wir vom Strand ins Hotel zurückkamen und dann an der Rezeption unseren Zimmerschlüssel verlangten, schien da eine junge Frau direkt auf mich gewartet zu haben. Sie griff gleich nach meiner Hand und war ganz aufgeregt. „Sie abben Pittico", sprudelte es aus ihr heraus. Ich glaubte, „Petticoat" verstanden zu haben, aber wieso „Petticoat"? In Albanien kennt man doch keinen Petticoat. Sie wiederholte ganz aufgeregt: „Sie abben Pittico?" Meine Schwester stieß mich an und flüsterte: „Die will deinen Petticoat!"

Woher wusste diese junge Frau, dass ausgerechnet ich einen Petticoat besaß? Wer hat da in unserem Zimmer heimlich in meiner Wäsche gewühlt? Bestimmt eines der Zimmermädchen, und das muss es ihr verraten haben. Sie ließ nicht locker und versuchte es weiter: „In acht Dag, ich Ochzeit", und dabei zeigte sie auf ihren Ringfinger. „Ich schön, ich Pittico!" Ich überlegte. Mein Petticoat, mein einziger, war mein ganzer Stolz, in West-Berlin gekauft, denn bei uns im Osten gab es ja so etwas nicht. Er war weiß, unterhalb der Hüfte ringsherum dicht mit schmalen Rüschen besetzt und weiter unten links mit einer kleinen neckischen Schleife aus schwarzem Samtband verziert. Wirklich sehr hübsch. Und ganz neu. Ich hatte ihn noch nie getragen. Das war eine schwere Entscheidung. Aber meine Schwester, die jedem ihr letztes Hemd gegeben hätte, redete auf mich ein, ich könnte mir doch einen neuen kaufen. Und sie freut sich doch so. Also gut, sie sollte ihn haben, aber Geld wollte ich dafür nicht nehmen. Ich schenkte ihn der jungen Frau – schweren Herzens.

Fürs kleine Handgepäck!

Nach Tagen, als ich zufällig aus unserem Hotelfenster schaute, stand Tahib, mein Lebensretter, gegenüber mit einem Riesenpflaster über dem Auge. Er war extra mit dem Wagen aus Tirana gekommen, wo er für die tschechische Botschaft arbeitete, was ich inzwischen von dem Dolmetscher erfahren hatte.

Ich wollte nicht hinuntergehen, aber meine Schwester drängelte mal wieder: „Geh doch runter! Du kannst ihn doch nicht einfach da stehen lassen!" Also ging ich, aber unterhalten konnten wir uns nicht, nur mit Händen und Füßen und mit In-den-Sand-malen. Er verstand und wusste nun, an welchem Tag unser Rückflug sein würde. An diesem letzten, dem Abreisetag, als wir mit Sack und Pack das Hotel verlassen wollten, wurde ich an der Rezeption aufgehalten. Hier neben dem Tresen lag eine gewaltige Melone. Und die war angeblich für mich abgegeben worden. Ich staunte nicht schlecht: „Für mich?"

Tatsächlich! Für mich. Es lag jedoch kein Brief dabei, nichts. Aber ich konnte mir natürlich denken, von wem. O Gott, was sollte ich mit einer so riesigen Melone? Die hätte ich kaum hochheben können, geschweige denn im Handgepäck verstauen – und im Flugzeug! Das war zwar gut gemeint, aber keine wirklich tolle Idee. Ich ließ sie einfach liegen und eilte zum Bus, so leid es mir auch tat.

Als unsere Reisegruppe dann am Flugplatz auf die Abfertigung wartete, tauchte Tahib plötzlich auf, um Abschied von uns zu nehmen. Das fanden wir ganz rührend von ihm. Sein Pflaster war er nun los und sah fast wieder wie ein normaler Mensch aus.

Die Narbe aber wird ihn wohl sein Leben lang an „Rosamunde" erinnern, jeden Tag, wenn er in den Spiegel schaut. Über die Melone sprachen wir kein Wort. Vielleicht war sie gar nicht von ihm?

Traum oder Schaum? Spätsommer 1960

Zurück aus dem Albanien-Urlaub, hatte ich nichts Eiligeres zu tun, als rüber nach Westberlin zu fahren, das war nur eine S-Bahn-Station von Schönhauser Allee bis Gesundbrunnen, also ein Katzensprung, um mir einen neuen Petticoat zu kaufen, nachdem man mir mein Lieblingsstück an der Rezeption im Hotel in Durres auf so charmante oder aber raffinierte Weise abgeluchst hatte. Dafür tauschte ich mir extra Ostgeld in Westgeld um zum Kurs von 6:1 oder 4:1. So genau weiß ich das heute nicht mehr. Der Wechsel-Kurs änderte sich damals ständig.

Zufällig traf ich am Gesundbrunnen mein Zahnarzt-Ehepaar, August und Elisabeth, ebenfalls beim, von der DDR nicht gern gesehenen Einkaufsbummel im „Westen". Die beiden halfen mir freundlicherweise beim Aussuchen. So einen hübschen Halb-Rock, wie ich hatte, gab es leider nicht noch einmal. Ich musste einen aus Schaumgummi nehmen, mit Spitze drüber und ziemlich voluminös.

Wie aber sollte ich dieses Monstrum unbemerkt über die Zonengrenze mogeln? Hin und wieder wurden doch mal Stichproben gemacht. Und dann? Drunter ziehen ging nicht, denn der Rock, den ich an diesem Tag trug, war zu schmal. Da meinte Elisabeth, patent wie sie war: „Ach, gib her, ich ziehe das Ding an und drüben kriegst Du's wieder. Kannst mit uns mitfahren." Sie besaßen damals bereits ein Auto, einen Trabi. Auf dem Parkplatz stieg sie möglichst unauffällig in das gute Stück und zog es sich hoch über die Hüften. Mit meinem wuchtigen Petticoat unter ihrem bunten Sommerrock passte sie kaum hinter das Steuer ihres Wagens. Ein bisschen mulmig war mir schon zumute bei der Fahrt über die Grenze.

Sollte man uns jetzt erwischen – was dann? Zum Glück aber kamen wir unbehelligt, wenn auch mit starkem Herzklopfen, zurück nach Ost-Berlin und konnten erleichtert aufatmen.

Diesen Petticoat habe ich allerdings nie wirklich getragen, nur hin und wieder mal anprobiert und mich damit im Spiegel betrachtet, von hinten, von vorne, von der Seite – nein, glücklich war ich nicht damit. Der Sommer ging zu Ende. Es würde zwar wieder einer kommen, aber das Ding war wie eine Krinoline, viel zu ausladend, ich mochte es nicht. Und bald darauf änderte sich auch schon wieder die Mode.
Jahrelang schlummerte es in der hintersten Ecke im Kleiderschrank, gut verpackt, fast vergessen, vergilbte mehr und mehr und löste sich langsam, aber sicher in Wohlgefallen auf, wie Schaumgummi das so an sich hat. Irgendwann zerbröselte es förmlich zwischen den Fingern und wanderte schließlich in den Mülleimer, ohne dass ich ihm auch nur eine Träne nachgeweint hätte.
Dem anderen Petticoat jedoch mit den hübschen Rüschen und der kleinen schwarzen Samtschleife trauere ich heute noch nach.

Wer zu schnell ist ... Bulgarien 1961

„Heute muss ich ihn aber unbedingt erwischen. Bis gleich!" Ich schnappe mir meine alte Leica, eile die Treppen hinunter und laufe durch den Sand zum Ufer. Da zeigt er sich in voller Pracht – einfach wunderschön! Ja, man muss früh aufstehen, wenn man den Sonnenaufgang fotografieren will. Nach dem Frühstück ist es leider zu spät. Zum Glück steht unser Hotel direkt am Strand, am Goldstrand von Varna, also kein Problem.

Obwohl man schon viele Sonnenaufgänge in seiner Sammlung hat, hofft man jedes Mal, einen noch schöneren zu erhaschen. Das geht natürlich nicht nur mir so. Es ist einfach immer wieder ein tolles Erlebnis, ein großartiges Schauspiel. Alle paar Minuten verändert sich der Himmel, und jede Phase möchte man festhalten.

Geklappt! Überglücklich, förmlich beflügelt, haste ich danach zurück zum Hotel und die Treppe hinauf, nehme gleich drei Stufen auf einmal, denn die Zeit ist knapp. Ich muss mich schließlich noch waschen und für das Frühstück zurechtmachen.

Oben angekommen, reiße ich die Zimmertür auf und – bleibe wie angewurzelt stehen. Da liegt doch ein junger Mann in meinem Bett, nackt, nur halb zugedeckt, so ganz selbstverständlich, als wäre es seines, und neben dem Bett meiner Schwester steht noch einer, nur mit einem weißen Höschen bekleidet! Ich verstehe nicht! Bin ich hier im falschen Film? Ich starre die beiden an und die starren mich an. Niemand weiß, was hier gespielt wird. Das ist doch aber unser Zimmer! Alles in meinem Kopf dreht sich. Ich torkele zurück, zweifele an meinem Verstand, ziehe die Tür von außen zu und taumle völlig benommen die Stufen hinunter, muss erst einmal die Eindrücke in meinem Kopf sortieren und klären, was da eigentlich passiert war. Der Schreck sitzt mir noch mächtig in den Gliedern, als ich eine Etage tiefer die Tür zu unserem, hoffentlich richtigen Zimmer vorsichtshalber zunächst nur einen Spalt breit öffne, um die Lage zu peilen. Ein Glück, hier bin ich richtig und kann, noch etwas außer Puste, meiner Schwester und Karin, unserer Bekannten, mit der wir gemeinsam diese Reise gebucht hatten, erzählen, was mir soeben passiert war, dass ein nackter Mann in meinem Bett … Sie lachen sich fast kaputt.

Beim Frühstück dann – unser Tisch steht gleich am Eingang, und alle Gäste müssen an uns vorbei – fragt Karin neugierig: „Guck doch mal, war das der? Oder vielleicht der? Weißt du denn nicht mehr, wie der ausgesehen hat?"

„Nö, tut mir leid, weiß ich nicht. Ich hab ihn doch nur nackt gesehen."

Tage später lernen wir die beiden Tschechen dann doch noch näher kennen, wie das bei Reisen so üblich ist, jedoch nicht ganz ohne verlegenes Schmunzeln.

Verfolgt in Bukarest   Rumänien 1964

Heiner und ich machten in Mamaia am Schwarzen Meer unseren ersten gemeinsamen Auslandsurlaub. Heiner kannte ich seit einem Jahr – durch Karin, die ich in Albanien kennengelernt hatte, die jedoch aus Neuruppin stammt, wo auch Heiner seit sechs Jahren wohnte und arbeitete und der mit dem Bruder von Karin befreundet war. Also um x Ecken!

Gleich an einem der ersten Tage stand für unsere Reisegruppe eine Bahnfahrt nach Bukarest auf dem Programm, denn die Hauptstadt sollten wir auf alle Fälle kennenlernen. Dort konnten wir uns frei bewegen und durch die Straßen bummeln.
„Hast du die Frau bemerkt?", fragte Heiner im Flüsterton.
„Welche Frau?"
„Na, die Frau, etwa zehn Meter hinter uns. Die verfolgt uns schon eine ganze Weile. Aber dreh dich nicht um. Sie guckt grade zu uns rüber."
„Da sind viele Frauen. Welche meinst du denn?"
„Na, die mit den mittelblonden Haaren. Das ist doch bestimmt 'ne Deutsche! Vielleicht hat sie einen Auftrag! Ist doch möglich. Die verfolgt uns schon die ganze Zeit."

Wurden wir etwa beschattet? Man konnte ja nie wissen, wie weit der Arm der Stasi reichte. Auf alle Fälle mussten wir wachsam sein, einfach nicht zu ihr hinschauen, aber sie auch nicht aus den Augen verlieren!

Als würden wir gar nicht bemerken, dass wir beobachtet werden, bummelten wir gemächlich weiter von Geschäft zu Geschäft, von Schaufenster zu Schaufenster, blieben mal kurz und auch mal länger stehen – die Frau aber überholte uns nicht, nein, sie blieb uns auf den Fersen und schlenderte möglichst unauffällig hinter uns her.

„Wir bleiben jetzt einfach mal ganz lange vor einem Laden stehen. Dann muss sie ja weitergehen, sonst verrät sie sich."
Aber sie ging nicht weiter, im Gegenteil. Sie kam sogar näher und stellte sich wie rein zufällig neben uns. Bestimmt wollte sie horchen, worüber wir reden. Vorsichtshalber blieben wir stumm.

Dann aber sprach sie uns leise an, zuerst auf Rumänisch – wir verstanden natürlich kein Wort – und dann auf Englisch. Dabei zeigte sie immer auf mein Kleid. Ich glaubte, das Wort „buy" herausgehört zu haben und dachte, sie wollte wissen, woher ich mein Kleid hätte, wo man das kaufen könnte, vielleicht sogar hier in Bukarest.

Wie sollte ich ihr das erklären mit meinem bisschen Schul-Englisch? Ich hatte es kurz vor unserer Reise in Berlin im Exquisit-Laden erstanden, man kann sagen: geleistet – für ganze zweihundertzwanzig Mark. Es war zart hellblau, gerade geschnitten, ärmellos, mit rundem Ausschnitt, einem langen Reißverschluss auf dem Rücken und wurde in der Taille mit einem Bindegürtel zusammengehalten. Der einzige Schmuck war eine breite Verzierung aus weißem Bast am Halsausschnitt. Es sah wirklich wunderschön aus. Trotzdem war ich nicht so richtig glücklich damit, erstens weil es ein

Schlauchkleid war, also ohne Abnäher, zweitens war der Stoff etwas steif, und drittens war es vollständig gefüttert, obwohl es doch ein Sommerkleid war, also nicht so richtig geeignet für heiße Tage, für kalte aber auch nicht, weil es keine Ärmel hatte. Aber man war ja froh, wenn man überhaupt etwas Hübsches, wenigstens sommerlich Aussehendes bekam. Hier in Bukarest führte ich es nun zum ersten Mal aus.

„Dein Kleid gefällt ihr. Wenn ich richtig verstehe, will sie dein Kleid kaufen", meinte Heiner. Sie ließ nicht locker, redete wie ein Wasserfall auf uns ein.

„Mein Kleid? Sie will mein Kleid kaufen? Meinst du wirklich? Ich kann doch mein Kleid nicht einfach ausziehen! Hier, mitten auf der Straße?" Wie stellte sich die Frau das eigentlich vor? Hier? Vor allen Leuten?

Vielleicht hätte ich es ihr unter anderen Umständen sogar verkauft, denn ein bisschen Taschengeld wäre gar nicht so verkehrt gewesen. Das hätten wir damals schon gebrauchen können. Aber wie sollte das gehen? Ich konnte doch nicht mit dem Zug über 200 Kilometer halbnackt zurück bis nach Mamaia fahren, zu unserem Hotel. Da hätte mich garantiert die Polizei geschnappt und verhaftet – wegen Erregung öffentlichen Ärgernisses. Das ging auf gar keinen Fall. Ich schüttelte nur bedauernd den Kopf und zuckte mit den Schultern.

So platzte das Geschäft.

Sorry!

Donna Poppa Rumänien 1964

„Na, dann werden wir mal unser Glück versuchen! Was sein muss, muss sein. Mit so einem bescheidenen Taschengeld können wir ja wirklich keine großen Sprünge machen."
„Ja, ja, es bleibt uns wohl nicht viel übrig. Aber ein bisschen mulmig ist mir schon dabei. Wenn uns nun jemand beobachtet?" „Ach, wird schon gut gehen!" So unsere Worte, bevor wir in unserem Rumänien-Urlaub eine erste Exkursion von unserem Strandhotel in Mamaia in die nächstgrößte Hafenstadt am Schwarzen Meer unternahmen. Jeder DDR-Bürger durfte damals nur ganze 32,- DDR-Mark ins sozialistische Ausland mitnehmen – wohlbemerkt für vierzehn Tage, nicht etwa pro Tag! Das war herzlich wenig.
Wir wollten also versuchen, etwas zu verkaufen, um unsere Reisekasse ein wenig aufzubessern. Vor dem Urlaub hatte uns jemand den Tipp gegeben, auf alle Fälle Skatkarten mitzunehmen. Die würde man in Rumänien reißend loswerden. Aber wenn es nun nicht so war, was sollten wir dann mit den vielen Skatkarten anfangen? Vorsichtshalber hatten wir nur zwei Spiele eingepackt. Die würden zwar nicht viel bringen, aber ich hatte noch ein Paar Schuhe, gar nicht mal so billige: weiße Pumps mit ziemlich hohen Absätzen, sehr schick und ganz neu, noch nie getragen. Wahrscheinlich hätte ich sie auch nie getragen, denn ich konnte überhaupt nicht darin gehen. Und Heiner besaß noch ein funkelnagelneues weißes Nylon-Oberhemd, ein Geschenk von „drüben", das er entbehren konnte, weil es ihm etwas zu klein war. Na, das war doch schon was!
Wir fuhren also mit dem Bus von Mamaia nach Constanza. Wie wir dort einen Käufer finden sollten, war uns allerdings noch ein Rätsel.

Wir hatten diesbezüglich keinerlei Erfahrung. Vielleicht würde man in einem Lokal, auf einem Markt oder auf der Strandpromenade ins Geschäft kommen, auf alle Fälle da, wo sich viele Menschen auhielten.

Auf der Strandpromenade war jedoch weit und breit kein Mensch zu sehen. Es musste hier bis in den Vormittag hinein mächtig geregnet haben. Nun hörte es langsam auf.

„Bei dem Wetter werden wir wahrscheinlich kein Geschäft machen. So ein Pech! Dann war die ganze Fahrt hierher umsonst", jammerte ich. „Schade um die Zeit!"

„Wart' doch mal ab", meinte Heiner, „es wird sich schon noch eine Gelegenheit bieten. Nicht immer gleich so pessimistisch sein!"

Auf dem Mittelstreifen der Promenade standen aufgereiht viele Bänke, die ganze Promenade entlang, jeweils zwei, Rückenlehne an Rückenlehne. Möglicherweise waren sie zusammengeschraubt, also Doppelbänke. Wir hatten sie alle für uns alleine, konnten uns eine aussuchen und ließen uns schließlich entmutigt auf einer nieder, um zu beraten, was wir nun anstellen sollten. Am besten, wieder nach Mamaia zurückfahren. Hier war ja doch kein Geschäft zu machen.

Da tauchte in der Ferne eine Person auf und kam ganz langsam näher, eine vornehme Dame, vielleicht eine Engländerin, so um die Fünfzig, hell gekleidet – und mit hellem Hut. Als sie auf unserer Höhe angelangt war, nahm sie Platz, ausgerechnet auf der Bank hinter unserem Rücken. Dabei hatte sie mindestens zwanzig leere Bänke zur Auswahl. Komisch! Aber in südlicheren Ländern suchen die Menschen eher Kontakt als bei uns, wo jeder möglichst alleine sitzen will. Wir hörten vorsichtshalber auf, uns zu unterhalten, denn es musste ja nicht jeder zuhören, und warteten ab.

Die Dame saß ganz still da und schaute hinaus aufs Meer, wir dagegen schauten landeinwärts. Niemand sagte einen Ton. Da drehte Heiner sich plötzlich zu ihr um, tippte ihr auf die Schulter und fragte dreist: „Frau! ... Schuhe?"

Ich wäre am liebsten im Erdboden versunken. Wie kann er denn eine fremde Frau einfach antippen und ansprechen, noch dazu eine so vornehme Dame? Sie aber drehte sich langsam zu uns um und fragte ganz höflich: „Do you speak English?"

Also doch eine Engländerin? Was soll die nur von uns denken, wenn wir ihr Schuhe anbieten. Das hat sie bestimmt nicht nötig. War mir das peinlich! Aber sie war sehr freundlich, und als sie hörte, dass wir Deutsche seien und etwas zu verkaufen hätten, sprach sie deutsch mit uns und sagte:

„Nun, gehen wir ein bisschen!" – Also standen wir auf, nahmen sie in die Mitte und gingen ein bisschen. Dabei unterhielten wir uns, so gut es ging, über völlig belanglose Dinge. Wir durften uns auf keinen Fall verdächtig machen, mussten tun, als gehörten wir zusammen. Vielleicht wurden wir beob-

achtet. Oder sie. Vorbei am Casino, gelangten wir schließlich an eine große Villa, die mit Sicherheit schon bessere Zeiten erlebt hatte, so wie alle feudalen Häuser hier an der Küste. Früher müssen darin überall reiche Familien gewohnt haben. Jetzt sahen die Gebäude ziemlich verkommen aus.
Die Dame bat uns, doch einzutreten. Da war ein runder Flur, und von dem führte links eine Treppe im leichten Bogen nach oben. Vielleicht war das Treppenhaus wie ein breiter, runder Turm, ich weiß es nicht mehr, ich war so aufgeregt, dass ich gar nicht alles mitbekommen habe. Wo waren wir hier eigentlich? Wir laufen einfach so gutgläubig mit! Das konnte ja eine Falle sein!
In der oberen Etage angekommen, da standen überall Schüsseln auf dem Fußboden herum, in denen das Regenwasser aufgefangen wurde, das noch immer durch die Decke tropfte, obwohl der Regen längst aufgehört hatte.
Jetzt standen wir vor zwei provisorisch zusammengezimmerten Türen. Die Dame öffnete die rechte Tür, und schon befanden wir uns in einem ziemlich kleinen Raum, der war höchstens zwei Meter breit und drei Meter lang. Rechts stand ein Bett, dahinter am Fußende ein kleines Tischchen, links hinten eine Kochgelegenheit, vielleicht war da auch noch ein Stuhl, und links hingen ein paar Kleidungsstücke an mehreren Haken an einer Wand, die jedoch nicht bis zur Decke reichte, sondern nur etwa zwei Meter hoch war, damit das Licht von nebenan ihren kleinen Raum etwas erhellen konnte, denn hier gab es kein Fenster. Die Kabine daneben bewohnte ein männliches Wesen, denn man konnte anfangs sein Räuspern vernehmen. Das muss früher mal ein größerer Raum gewesen sein, der später durch diese spanische Wand geteilt wurde. Wahrscheinlich ist es nicht mal ein richtiges

Zimmer gewesen, sondern nur eine Art Flur oder Podest. Hier also wohnte die vornehme Dame – kaum zu glauben! Aber dann klärte sie uns über ihre Verhältnisse auf, während sie uns einen Kaffee auf einer winzigen Kochstelle zubereitete. Die ohnehin sehr kleinen Tassen waren nur zur Hälfte gefüllt mit einem starken und reichlich mit Zucker gesüßten Kaffee, der aber vorzüglich schmeckte.

Natürlich hat sie sich auch mit ihrem Namen vorgestellt. Den haben wir zwar verstanden, aber behalten haben wir ihn nicht. Im Ohr blieb uns nur so was wie „Donna Poppa", und so blieb sie für uns Donna Poppa – bis heute. Sie erzählte uns, dass sie eigentlich in Bukarest wohne, und das hier sei nur eine Bleibe für den Sommer. So war das also.

Nun kamen wir zum Geschäft. Die weißen Pumps hat sie natürlich mit Kusshand genommen, die Skatkarten ebenfalls. Um das Oberhemd an den Mann zu bringen, ging sie einfach in den Nebenraum, wo sie das Fenster öffnete und mehrmals einen Männernamen und noch so einiges, was wir nicht verstehen konnten, laut in den rief Garten. Kurz darauf kam wohl der junge Mann und probierte das Hemd an, es passte, und schon war er wieder weg. Wir haben ihn nicht mal zu Gesicht bekommen, aber wir nehmen an, es war ihr Sohn.

Bestimmt hätte sie uns noch mehr abgekauft, aber das war leider alles, was wir hatten. Sie bezahlte, was wir verlangten, und alle waren zufrieden. Wir hatten einen unvergesslichen Tag und außerdem ein bisschen Geld, um in Mamaia wenigstens einmal in eine schicke Bar zum Tanz gehen zu können, hoch oben im Restaurant im zehnten Stock des Hotels, wo ansonsten nur Gäste aus westlichen Ländern untergebracht waren. – Danke, Donna Poppa!

Nur mal gucken

In den siebziger Jahren fuhr ich einmal mit Mathias von Berlin-Buch zurück in die Stadt. Es war Sommer, der erste Tag der Schulferien und ein fantastisches Wetter, viel zu schade, um zu Hause zu hocken. Da entschlossen wir uns spontan, als die S-Bahn in Karow hielt, hier einfach mal auszusteigen und zu gucken, wie es da so aussieht. Karow kannten wir nämlich überhaupt noch nicht.

Es war wie ein geschenkter Tag! Die Behandlungen im Klinikum Buch waren abgeschlossen, wir waren erleichtert, gut gelaunt und unternehmungslustig, bogen gleich rechts in die Straße am Bahnhof ein und liefen ziellos weiter, immer weiter, ließen uns einfach treiben, bis irgendwann an einer kleinen Brücke der Ort zu Ende war. Trotzdem gingen wir noch weiter, bis wir schließlich auf eine größere Querstraße trafen, standen dort eine Weile und schauten in die weite, weite Ferne. Nicht ein einziger Mensch war in der Nähe. Wir waren ganz allein. War das herrlich! Die Sonne schien sich selbst übertreffen zu wollen, meinte es allerdings ein klein wenig zu gut. Sie brannte erbarmungslos auf unsere Köpfe. Deshalb machten wir doch wieder kehrt, hatten aber keine Ahnung, wo wir uns hier eigentlich befanden und wie die Straße hieß, zu der wir gelangt waren. Euphorisch haben wir sie damals einfach die „Straße der Sonne" genannt. Und das ist sie heute noch für uns.

Schon bald waren wir wieder auf der Dorfstraße, Richtung Bahnhof, da entdeckten wir plötzlich mitten auf dem Kopfsteinpflaster etwas Grünes. Es war ein Büschel Petersilie, ganz frische Petersilie! Wie kam denn die hierher? Und während wir uns noch wunderten, fanden wir schon das nächste

Büschel und noch eines und noch eines. Das nahm kein Ende. Nichts ließen wir liegen. In unserem Übermut machten wir uns gar keine Gedanken, was wir mit so viel Petersilie anfangen sollten. Aber sie war viel zu schade, um hier überfahren zu werden oder zu vertrocknen. Wir sammelten alles ein, bis nichts mehr einzusammeln war, verstauten unseren Fund in mehreren Einkaufsbeuteln und fuhren vergnügt nach Hause. Und nun? Die größte Schüssel, die wir besaßen, musste her. Die wurde richtig voll. Dann klingelten wir bei unserer Nachbarin nebenan und auch bei den beiden alten Damen über uns, ob sie vielleicht ...

Wir erzählten unsere Geschichte. Sie lachten und nahmen uns mit Kusshand einen großen Teil ab. So frische Petersilie bekam man in keinem Gemüseladen.

Diese Dorfstraße in Karow – erst viel später suchten und fanden wir sie auf dem Stadtplan – heißt Pankgrafenstraße, aber wir tauften sie nach diesem Erlebnis, nur so für uns, auf den Namen „Petersilienweg".

Man kann es glauben oder nicht: Dieser Tag war ungelogen einer der drei schönsten in meinem Leben. Und die anderen beiden? Da muss ich mal scharf überlegen ...

Kleines Flohmarkt-Geschäft   Polen 1977

„Ihr müsst unbedingt mal zum Flohmarkt fahren. Das ist gar nicht weit, aber das müsst ihr einfach mal gesehen haben." Diesen Tipp gab uns Friedel, eine entfernte Tante von Heiner, bei der wir damals in Pelnik unseren Urlaub verbrachten. Sie machte uns richtig neugierig, denn wir hatten noch nie einen Flohmarkt gesehen und schon gar nicht erlebt. Bei uns in der DDR gab es so etwas nicht.

Von zu Hause hatte ich für alle Fälle ein paar BHs und Strumpfhosen, die mir zu groß waren, mit nach Polen genommen, ohne zu wissen, für wen. Abnehmer würden sich bestimmt finden. Nun bot sich also dieser Flohmarkt an. Wie man aber die Ware an den Mann oder besser an die Frau bringen sollte, davon hatten wir keine Ahnung. Bestimmt müsste man doch dafür einen Stand mieten oder sogar eine Lizenz haben.

„Lass das mal meine Sorge sein", meinte Heiner. Na gut, wenn er meint.

Wir gelangten also auf den Flohmarkt von Osteroda. Ach, du liebe Zeit! Vor lauter Menschen sah man die Verkaufsstände kaum. Dicht an dicht wälzten sich Neugierige und Kauflustige durchs Gedränge, von allen Seiten und nach allen Seiten. Es war eng wie in einem überfüllten Bus. Wir gingen förmlich unter in dieser Masse. Wie sollte man da einen Käufer finden? Man konnte doch nicht einfach die Leute ansprechen. Wie denn? Das waren ja sicher alles polnische Bürger. Wie sollten die uns verstehen?

„Ich mach das schon", versicherte Heiner, dem das Treiben auf dem Markt offensichtlich gefiel. Er angelte die BHs aus der Tasche und hielt sie einfach am ausgestreckten Arm in die Höhe, ohne auch nur ein Wort zu sagen.

War mir das peinlich! Meine BHs! Und das vor allen Leuten! Aber in Sekundenschnelle waren wir umringt von mehreren polnischen Frauen, die sich fast gegenseitig umrempelten und rücksichtslos ihre Arme nach der begehrten Ware ausstreckten. Und keine fünf Minuten später hatten wir alles verkauft. So einfach war das.

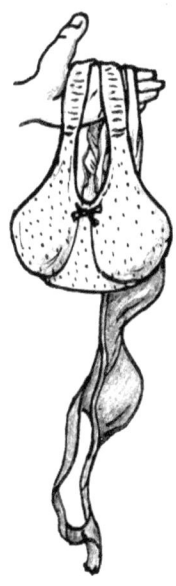

Die „Katze im Sack" 1977

In Neuruppin waren bekanntlich zu DDR-Zeiten viele russische Militärs stationiert, demzufolge gab es auch mehrere sogenannte Russen-Magazine, in denen es aber ebenso DDR-Bürgern erlaubt war, einzukaufen. Da gab es oftmals Dinge, die es sonst nirgends gab, vor allem Ungarische Salami.

Wollte jedoch jemand solch eine Salami käuflich erwerben, bekam er die nur, wenn er außerdem noch ein paar „Ladenhüter" kaufte wie zum Beispiel ein Glas saure Gurken oder eine Fischbüchse – anders nicht.

Einmal gab es sogar Teppiche. Herr König zum Beispiel, ein Bekannter, entdeckte in einem Russen-Magazin einen schönen großen Teppich, die Maße gerade passend für sein Wohnzimmer. Er ließ ihn sich ein wenig ausrollen, um Qualität und Farbe begutachten zu können. Wunderbar, einfarbig rot, nur am Rand ringsherum eine schmale Verzierung, und gar nicht mal so teuer. Herr König zahlte und war überglücklich.

Zu Hause räumte er die Möbel beiseite, rollte den neuen Teppich aus, um sich an ihm zu erfreuen. Er war entsetzt. Der war ja gar nicht einfarbig! Zu seiner Überraschung prangte genau in der Mitte ein riesengroßer gelber Leninkopf!

Da hatte Herr König die Katze im Sack gekauft. Der Teppich war für die Wand gedacht, wie das bei den Russen oft üblich ist, und nicht für den Fußboden. Was nun? Lenin an die Wand hängen? Nein, er wurde unterm Tisch versteckt und fortan mit Füßen getreten.

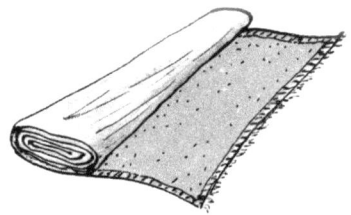

Dümmer geht's nimmer! 1978

„Feierabend für heute!"
Der Sportunterricht war zu Ende. Zwei Klassen hatten die Turnhalle gleichzeitig benutzt. Das war so üblich an der Berufsschule in Neuruppin. Nun zog es alle nach Hause, Lehrer wie Schüler.
Heiner, der damals Sportlehrer an dieser Berufsschule war, hatte noch ein wenig Ordnung zu machen, dann wollte auch er sich umkleiden und nach Hause fahren.
Als er seinen Schrank öffnete, um sein Oberhemd herauszunehmen, war das aber nicht mehr da. Es war einfach verschwunden, sein schönes neues Oberhemd, das er sich erst vor kurzem im Intershop gekauft hatte. Dafür hing ein anderes im Schrank. Zur Not hätte er das ja anziehen können, aber es war viel zu lang, vor allem die Ärmel. Was nun? Er konnte ja nicht ohne Hemd durch die Stadt fahren. Und dieses hier, das ihm nicht gehörte, wollte er auf keinen Fall anziehen.
Sofort wurde ihm klar: Das konnte nur sein Kollege Peter K. genommen haben, denn sie besaßen einen gemeinsamen Ankleideschrank. Und außerdem war er dafür bekannt, schnell mal das zu nehmen, was ihm nicht gehörte, oder anzuziehen, was ihm gerade in die Quere kam. Er nahm das nicht so genau.
Der war natürlich längst über alle Berge und bestimmt schon zu Hause, und Heiner stand da ohne sein Hemd. Ein Telefon gab es hier im Lehrerzimmer der Turnhalle nicht, und das hätte auch nichts genützt, denn sein Kollege hatte ja zu Hause auch keines. Kaum jemand besaß damals in den siebziger Jahren ein Telefon.
Zum Glück waren noch ein paar Schülerinnen in der Turn-

halle, und eine erklärte sich sofort bereit, zu Herrn K. zu gehen, um ihm Bescheid zu sagen, er möge doch noch mal zurückkommen in die Turnhalle und das falsche Hemd zurückbringen. Es war eine eher schüchterne Schülerin, und sie freute sich, ihrem Lehrer einen Gefallen tun zu können.
„Haben Sie ein Fahrrad?", fragte Heiner.
„Nein!"
„Moment! Dann nehmen Sie doch einfach meins", schlug er vor, „mit dem Rad geht's schneller."
Sie nahm das Fahrrad und zog damit los. Weit war es ja nicht bis zu dem Kollegen, nur knapp einen Kilometer durch die Stadt. Das konnte also nicht allzu lange dauern.
Aber es dauerte. Sie hätte längst zurück sein müssen. Und Heiner saß da ohne Hemd und wartete.
Was war passiert? Die Schülerin hatte Herrn K. bei sich zu Hause angetroffen und ihm bestellt, er hätte versehentlich ein falsches Oberhemd angezogen, nämlich das von Herrn Salomon, und er möge es doch bitte in die Turnhalle bringen.
„Ach herrjeh! Das hab ich noch gar nicht bemerkt. Sagen Sie ihm, ich komme gleich!"

Die Schülerin nahm das Rad und machte sich auf den Weg zurück zur Turnhalle. Peter K. zog sich um und schwang sich auf sein Fahrrad, um das Hemd zurückzubringen. Unterwegs, auf halber Strecke zur Turnhalle, überholte er die Schülerin, die jedoch nicht auf dem Rad saß, sondern zu Fuß ging und das Rad schob. Er stieg ab und fragte:
„Ist was mit dem Rad? Ist es kaputt?"
„Nein, nein, es ist nicht kaputt."
„Und warum schieben Sie es dann?"
„Weil – ich kann ja nicht Rad fahren."

„Ach, dann ist das gar nicht Ihr Rad?"
„Nein das gehört Herrn Salomon."
„Aber warum haben Sie es dann überhaupt mit?"
„Na, Herr Salomon hat gesagt, ich soll es nehmen.
 Mit dem Rad geht's schneller."

Auf eigene Gefahr 70er Jahre

„Na, dann werden wir mal, wir sind fast die Letzten. War doch wieder ein wunderschöner Tag heute."
„Das kann man wohl sagen", musste ich Heiner recht geben. Die meisten Badegäste hatten bereits mit Kind und Kegel den Heimweg angetreten. Es war kaum noch jemand hier auf der kleinen Wiese an unserer Badestelle an der Havel. Alle schon weg!
„Guck mal, da liegen noch Sachen unterm Baum! Aber da ist doch niemand mehr. Und im Wasser ist auch kein Mensch zu sehen. – Komisch! Wo ist der denn hin?"
„Vielleicht ist er ja nur mal hinterm Busch!"
Nein, es kam auch niemand aus dem Busch. Da hatte tatsächlich jemand seine Sachen liegen gelassen. Oder? Was sollten wir nun damit machen?
Wir sprachen einen fremden Mann an, der auch gerade im Begriff war, seine Badesachen zusammenzupacken, ob er vielleicht wüsste, wem die Sachen gehörten.
„Nein, das weiß ich auch nicht. Aber gesehen hab ich den Mann, als er ins Wasser ging. Allerdings ist das schon ein paar Stunden her. Der müsste eigentlich längst wieder raus sein."
Merkwürdig! Wir machten uns echt Sorgen. Er wird doch nicht ertrunken sein!

Wie ein Lauffeuer sprach es sich herum, dass hier eine Person vermisst wurde. Im Nu sammelte sich eine kleine Schar von Leuten an, Wassersportler und Anwohner, die sich ebenfalls Gedanken machten. Es wurden immer mehr. Und auf einmal tauchte sogar die Feuerwehr auf. Irgendjemand musste sie gerufen haben.

Wir wurden gefragt, was wir gesehen hätten. Aber außer dem Bündel Sachen hatten wir ja nichts gesehen. Niemand wusste, wer der Mann gewesen sein könnte, und niemand vermisste ihn. Die Feuerwehrleute suchten nun gründlich in der Havel nach ihm und auch am Ufer, überall, konnten jedoch nichts und niemanden finden.

Jetzt sollte eine Art Netz herangeschafft werden, mit dem man die Havel auf der gesamten Breite und bis auf den Grund durchkämmen konnte. Aber wo sollte man beginnen? Womöglich in Hennigsdorf, ein paar Kilometer flussabwärts? Die Strömung ist manchmal ziemlich stark. Der Körper des Mannes könnte demnach schon sonstwo treiben, womöglich bereits in Westberlin.

Solange wollten wir aber nicht warten. Es war auch schon ziemlich spät. Das konnte ewig dauern, bis sie das Netz besorgt und ausgelegt hatten. Helfen konnten wir sowieso nicht, und nur als Schaulustige herumstehen und gaffen, das mochten wir nicht. Also machten wir uns auf den Heimweg.

Da kam auf einmal ein Mann über die Wiese geschlendert, um zu schauen, warum die Feuerwehr an der Badestelle war und so viele Menschen zu relativ später Stunde von allen Seiten herbeigeströmt waren und hier auf etwas zu warten schienen. „Wat iss'n hier los?", fragte er neugierig.

„Ein Mann soll ertrunken sein", wurde ihm aufgeregt berichtet. „Der hat hier gebadet. Seine Sachen liegen noch da, aber von ihm fehlt jede Spur. Aber das ist nun schon ein paar Stunden her."

„'n Mann? – Hm ... ick hab vorhin een jesehn, der torkelte die Straße lang, Richtung Bahnhof. Der hatte bloß 'ne Badehose an. Und vorhin hatta die janze Zeit da inne Kneipe jesessen, bloß mitte Badehose. Vielleicht isset der?"

Lady in Blue   1981

Hypnose oder Gedankenübertragung?
Eine Vier-Stationen-Geschichte

Berlin, Bahnhof Schönhauser Allee. Die U-Bahn aus Pankow hält. Ich steige ein, setze mich auf die lange Bank – links in die Ecke. Das Abteil ist fast leer, nur mir gegenüber sitzt ein junges Mädchen, nicht besonders auffallend, daneben eine etwas ältere Dame, eine sehr gepflegt aussehende Dame mit grau-weißem, etwas blaugetöntem Haar. Alles an ihr macht einen sehr sauberen Eindruck. Woher mag sie wohl sein? Bestimmt aus dem Westen! Das sieht man sofort.
Sie trägt einen marineblauen Mantel, gute Qualität, und einen dunkelblauen Hut, lange blaue Hosen und Schuhe in zwei verschiedenen Blautönen, Wildleder und glattes Leder.
Mein Gott, alles in Blau, in dunklem Blau! Jetzt wird die Dame für mich erst richtig interessant. Mal sehen, was alles blau an ihr ist. Also noch einmal von vorn:
Erstens: der Mantel, zweitens: der Hut, drittens: die Hose, viertens: die Schuhe, ein Halstuch in Blau, fünftens. Und tatsächlich gucken auch blaue Strümpfe unter ihren Hosenrändern hervor, also sechstens …
Wenn sie die Arme bewegt, kann man unter den Ärmeln ihres Mantels die Bündchen einer kornblumenblauen Strickjacke sehen, siebentens. Wer weiß, was sie noch alles Blaues zu bieten hat. Während der Fahrt bewegt sie immer mal wieder den Kopf, schaut hin und schaut her, dadurch verrutscht etwas ihr Halstuch und bringt eine dunkelblaue Bluse zum Vorschein, Nummer acht.

Und – man sollte es nicht für möglich halten – unter ihrem Hut guckt noch ein dunkelblaues Kopftuch hervor, vielleicht, damit der Hut fester sitzt. Das sind schon neun Sachen. Es wird immer spannender! Leider fahre ich nur vier Stationen. Hoffentlich steigt die Dame nicht vor mir aus. Ich muss noch mehr ergründen.
Sie kramt in ihrem – wie könnte es anders sein – dunkelblauen Faltbeutel, zehntens. Die Handtasche ist natürlich ebenfalls dunkelblau, elftens. Was mag sie wohl da drin haben? Mit Sicherheit etwas Blaues. Aber ich kann ihr ja nicht sagen, dass sie mal alles auspacken soll.
Bestimmt hat sie längst bemerkt, dass ich sie andauernd im Visier habe, lässt sich jedoch nichts anmerken. Jetzt schiebt sie ihre Hand in den Beutel – mein Gott, ist das spannend – und bringt etwas Blau-Weißes ans Tageslicht. Es ist eine Tafel Schokolade. Selbst da wählt sie nicht Braun oder Rot, sondern Blau. Ich registriere: Nummer zwölf.
O je! An der nächsten Haltestelle muss ich raus und hab noch nicht dreizehn Dinge zusammen. Dreizehn müssen es unbedingt werden. Eher steige ich nicht aus. Wenn ich doch nur mal ihre Geldbörse sehen könnte!
Hallo, Madam, denke ich, zeig doch mal dein Portemonnaie! Ich halte den Atem an. Sie holt tatsächlich ihr Portemonnaie aus der Tasche. Aber da trifft mich der Schlag – das Ding ist rot! Knallrot! Röter geht's nicht.
O nein! Das kann doch nicht wahr sein! Nicht rot! Und ich muss jetzt aussteigen. Dreizehn! Wo ist das Dreizehnte? Was könnte es noch Blaues geben? Enttäusche mich nicht, Madam! Der Zug fährt gleich in den Bahnhof Alexanderplatz ein. Man sieht bereits die roten Erkennungsstreifen an den Wänden des U-Bahntunnels. Ich stehe schon an der Tür, drehe mich

aber noch einmal zu ihr um. Und da, als hätte sie meine Gedanken erraten, schiebt sie ihre Hand in den Faltbeutel, greift nach etwas und zieht es langsam, wie um es mir heimlich zu zeigen, ein klein wenig heraus. Ich erkenne die Rückseite eines flachen, dünnen lackierten Buches. Und das ist – blau! Ich atme erleichtert auf. Zufrieden steige ich aus und denke: Ob sie wohl für mich noch Striptease gemacht hätte?

Wo liegt eigentlich Zypern? August 1982

Dialog zwischen Mutter und Sohn – belauscht in der S-Bahn, zu DDR-Zeiten

Auf der Strecke von Berlin-Buch nach Schönhauser Allee steigt am S-Bahnhof Blankenburg eine junge Frau mit ihrem kleinen Sohn in das Abteil. Der steuert gleich zielbewusst den Fensterplatz mir gegenüber an und nimmt ihn ein. Die Mutter setzt sich daneben. Sie beginnt sofort, in ihrer Häkeltasche zu kramen, bringt ein braunes Fläschchen ans Tageslicht, ein Medikament, und betrachtet es von allen Seiten. Dann blättert sie in ihrem Versicherungsausweis, liest ein Rezept, vielleicht auch einen Krankenschein oder eine Überweisung.
„Am Dienstag müssen wir wieder hin. Oder im September", meint sie.
„Wann ist September?", fragt der Junge.
„Am Dienstag ist noch August, dann kommt der September."
„Dann gehen wir lieber am Dienstag."
Die Frau packt alles wieder in ihre Tasche, zieht jetzt einen durchsichtigen Beutel mit ziemlich unreifen Tomaten hervor, betrachtet ihn von allen Seiten und lässt ihn wieder in der Tasche verschwinden.
Ich beobachte den blonden, zarten Jungen. Wie alt mag er sein? Geht er schon zur Schule? Jetzt steht er am Fenster und schaut still und gedankenversunken hinaus, aber nicht etwa geradeaus in die Landschaft, nein, sein Blick ist nach unten gerichtet, so als würde er aus einem Flugzeugfenster auf die Welt da unten schauen. Ich kann ihn gut aus nächster Nähe von der Seite beobachten und bilde mir ein, sogar seinen Gedanken folgen zu können.

Jetzt fragt er etwas zögerlich:
„Da fahr' ich wirklich mit dem Flugzeug hin?"
„Da *fliegst* du mit dem Flugzeug hin."
„Wie heißt das noch, wo ich hin muss?"
„Zypern."
„Ist das weit, Zypern?"
„Ja, das ist sehr weit."
„Muss ich da ganz alleine hin?"
„Nein, da sind noch viele andere Kinder. Das kleine Mädchen, das da saß, kommt auch mit. – Hauptsache, du wirst gesund!"
Lange Pause.

„Wo flieg' ich denn los?"
„In Schönefeld."
„Schönefeld ... Muss ich das selber bezahlen?"
„Nein, das brauchst du nicht zu bezahlen."
„Musst du das bezahlen?"
„Nein, ich brauche das auch nicht zu bezahlen."
Wieder eine lange Pause.

„Wie weit ist es denn bis ... Wie weit ist das, wo ich hin muss?"
„Sehr weit."
„Flieg ich da übern Westen?"
„Ja, ja!"
„Au, da guck ich aus'm Fenster!"
Pause.

„Kann man da eigentlich auch mit der Eisenbahn hinfahren?", fragt er.
„Nein, da kommt man nur mit dem Flugzeug hin."
Lange Pause.

Der Junge etwas kleinlaut:
„Hoffentlich stürzt es nicht ab."
„W a s sagst du?"
„Hoffentlich stürzt es nicht ab!", wiederholt er etwas lauter.
„Ach, komm!"
Beide lachen.
„Kann ich da auch baden?"
„Natürlich kannst du da auch baden."
„Was mach' ich da überhaupt den ganzen Tag?"
„Du wirst schon was machen, zum Beispiel inhalieren."
„Inhalieren? Was is'n das?"
„Na, das kennst du doch schon."
„Ach so, ich weiß schon."
Er macht mit der rechten Hand eine pumpende Bewegung vor seinem Mund und ein pustendes Geräusch.

„Acht Wochen", sagt die Mutter, „eine lange Zeit. Da wirst du wohl Heimweh kriegen?"
„Ach wo, Heimweh hab ich nicht. Du schreibst mir ja."
„Hm, die Post geht aber viel zu lange."
„Wie lange? Drei Tage?"
„Ach, viel länger. Dann bist du schon wieder zu Hause, wenn mein Brief dort ankommt."
Der Junge schaut wieder zum Fenster hinaus und denkt nach.
„Da muss ich ja zwei Koffer mitnehmen!"
„Wieso zwei Koffer?"
„Na ja, für acht Monate …"
„Acht Wochen", verbessert die Mutter.
„Ach ja, acht Wochen!"
Wieder eine lange Pause.

„Wo liegt das eigentlich … Wie heißt das noch?"
„Ich weiß auch nicht so genau, wo das liegt. Wir gucken zu Hause mal in deinem Atlas nach. Vielleicht kommst du ja auch nach Thüringen. Da gibt's auch so was."
„Och nö! Ich will übern Westen! … Wann fahr' ich denn eigentlich los? Fahr' ich bald?"
„Kann sein."
„Hoffentlich bald!"

Der Junge steht auf, schlendert in Fahrtrichtung durch den Wagen bis zur vorderen Tür, schaut hinaus, geht verträumt den Gang zurück bis zur Tür am hinteren Ende, immer in Gedanken. Schließlich kommt er zurück zur Mutter, legt seinen Arm um ihre Schulter, schielt etwas verlegen, aber auch ein bisschen schelmisch zu mir herüber und fragt kaum hörbar:
„W i e heißt das noch, wo ich hinfliege?
A u s t r a l i e n ?"

Leider muss ich jetzt aussteigen …

Bückling gefällig? 80er Jahre

Wir sitzen beim Abendbrot in unserer Wochenendbleibe an der Havel. Draußen ist es zum Sitzen schon zu kalt. Das Wetter spielt nicht mehr so mit. Es ist ein trister, feuchter Septembertag, und außerdem wird es sowieso bald dunkel.
Während ich an meiner Bückling-Schnitte kaue, wandern meine Blicke zum Fenster hinaus. Da bemerke ich plötzlich in der Ferne eine dunkle Gestalt, einen Mann, mitten auf der großen Wiese, der sich ziemlich merkwürdig benimmt. Selten taucht hier irgendjemand auf und wenn, dann höchstens mal ein Spaziergänger unten auf dem Weg am Ufer. Aber um diese Zeit?
Der Mann schaut neugierig nach links und nach rechts, nach oben, nach unten, stakst vorsichtig durch das hohe Gras und nähert sich dabei Meter um Meter. Komisch! Was der wohl will, denken wir und wundern uns. Er hat es nicht eilig. Aber was führt er im Schilde? Jetzt ist er schon unterhalb unseres Häuschens angelangt und sieht sich immer wieder nach allen Seiten um, schaut aber vor allem suchend in das Geäst der Bäume. Vielleicht ist das nur eine Ablenkung? Was gibt es da oben schon zu sehen?
Plötzlich, wie von der Tarantel gebissen, macht er kehrt und rennt, so schnell er kann, über die Wiese zurück. Hat er etwa gemerkt, dass wir ihn beobachten? Wir sehen uns nur gegenseitig an und zucken mit den Schultern. Ein Spitzel? Einer von der „Horch- und Guck-Gesellschaft"? Man ist ja vor nichts sicher hier in der DDR. Oder ist es ein Verbrecher? Ein Einbrecher, der die Lage peilt?
Ein Glück, nun ist er ja wieder weg und wir sind erleichtert. Während wir noch weiter grübeln, was das sollte, taucht er in der Ferne schon wieder auf, diesmal mit einer Frau.

Aha, er hat Verstärkung geholt, aber wozu? Die beiden pirschen sich nicht ganz so vorsichtig heran wie zuvor der Mann. Sie haben einen energischeren Schritt am Leibe und steuern schnurstracks auf das Gebüsch unterhalb unseres Häuschens zu. Hier zwischen Bäumen und Bäumchen kraxeln sie herum und blicken immer wieder nach oben in die Zweige.
Neugierig geworden, treten wir vor die Tür und hören, dass sie immer „Putzi! Putzi!" rufen. Nun ist uns der Grund ihres merkwürdigen Verhaltens klar: Sie sind auf der Suche nach ihrer Katze, haben sie wahrscheinlich auf einem Baum entdeckt, aber sie will nicht oder kann nicht wieder runter.
Putzi! Ach Gott, da muss ich sofort an das kleine graugetigerte Kätzchen meiner besten Freundin Hildchen aus Kindertagen denken. Wir waren damals vielleicht acht oder neun Jahre alt und versuchten krampfhaft, Putzi wie ein Baby in den Puppenwagen zu zwängen und zuzudecken, um sie spazieren zu fahren. Ihr hat das allerdings gar nicht so gut gefallen wie uns. Sie entwischte uns immer wieder, was wir gar nicht verstehen konnten. Das tat unserer Liebe jedoch keinen Abbruch. Wir liebten sie, und sie war unser schönstes Spielzeug. Genauso stelle ich mir die Putzi vor, die diese Leute jetzt hier im Gebüsch suchen: klein, grau und scheu. Armes Kätzchen! Arme Katzen-Eltern!
Da fällt mir ein, dass man sie vielleicht mit etwas Bückling anlocken könnte. Wir haben ja noch die Reste vom Abendbrot. „Eine gute Idee", sagt Heiner. Weil ich natürlich zu feige bin, die Leute allein anzusprechen, nehme ich Mathias mit. Der ist zwar erst vierzehn, aber immerhin ein männlicher Begleiter, und so tapsen wir gemeinsam möglichst geräuschlos den Hang hinunter, in der Absicht, den beiden unsere Hilfe anzubieten. Der Mann steht vor einem Baum und ruft immer noch „Putzi! Putzi!" nach oben.

Die Frau macht ein ziemlich miesepetriges Gesicht, kein Wunder, wo ihr doch gerade das Liebste entwischt ist. Ich frage sie nun, in der Hoffnung, mit meiner Idee die Lösung des Problems gefunden zu haben:
„Vielleicht können wir sie mit Bückling anlocken? Wir haben noch ein bisschen übrig."
Da sieht sie mich ziemlich pikiert an und erwidert entrüstet:
„Ich glaube nicht, dass sie den mag!"
Na, so was, denke ich, eine Katze, die keinen Bückling mag, wo gibt's denn das? Eine komische Frau! – Und diese komische Frau denkt bestimmt über mich das Gleiche: eine komische Frau! Jedenfalls habe ich genau diesen Eindruck. Innerlich bin ich ein bisschen beleidigt, hatte ich doch gehofft, sie würde sich wahnsinnig über unser hilfreiches Angebot freuen. Aber nichts da! Ich gebe aber nicht gleich auf und frage:
„Haben Sie sie denn überhaupt schon entdeckt?"
„Ja", meint die Frau, „oben auf dem Baum."
„Ach, und nun weiß sie nicht, wie sie wieder runterkommen soll?"
Die Frau guckt mich abermals an, als hätte ich einen kleinen Schaden, antwortet aber trotzdem:
„Mein Mann ist raufgeklettert, und da ist sie weggeflogen. Nun ist sie nicht mehr zu sehen."
„Weggeflo…?", frage ich verdattert und denke: Wer von uns hat denn nun die Macke, sie oder ich? Seit wann können Katzen fliegen? – Erst allmählich geht mir ein Licht auf: „Ach! Putzi ist wohl gar keine Katze?"
„Nein", sagt die Frau, „Putzi ist unser Wellensittich."
„Ach so! – Und ich dachte …"
Ja, man soll eben nicht denken. Oder vielmehr nicht denken, dass alles, was „Putzi" heißt, auch ein Kätzchen ist.

Morgenstund' ...   Dienstag, 23. August 1984

Es gibt einen Spielfilm mit dem Titel: „Morgens um sieben ist die Welt noch in Ordnung". Keine Ahnung, wovon er handelt, hätte es schon gerne gewusst. Ich weiß nur: Dieser Ausspruch trifft haargenau das, was man morgens oft empfindet, wenn der Trubel des Tages noch nicht begonnen hat, noch keine Menschenseele zu sehen ist, kein Auto zu hören …
Und an diesem heutigen Morgen ist die Welt noch in Ordnung. Einfach schön!
Es ist ein klarer, fast windstiller, im Schatten etwas kühler Spätsommertag. Mein Liegestuhl steht am Wasser in der Morgensonne, da wo im Frühjahr das Ufer der Havel befestigt wurde und der ausgebaggerte Sand so etwas wie Strand vortäuscht, am Rande der großen, in diesem Jahr üppig gewachsenen Wiese. Sogar Muschelscherben und Schneckenhäuschen findet man jetzt hier reichlich.
Kein Mensch ist weit und breit zu sehen. Herrlich, diese Ruhe ringsum und doch so viele kleine Geräusche, die Leben verraten: das Zirpen im Gras und das Klopfen des Spechtes, schrabbelnde Musik aus einem entfernten Radioapparat, die aber bald wieder verstummt. Oben, hinter den Bäumen, hört man fröhliche Kinderstimmen vom Kindergarten her, ohne jedoch zu verstehen, was sie sich zurufen. Ein Schubkahn brummt davon, schon plätschert und tuckert ein neuer heran, immer näher, rauscht leise vorbei. Jetzt ist das Fahrerhäuschen auf meiner Höhe.
Da plötzlich ein schrecklich lauter Hup-Ton in die friedliche Stille hinein, wie ein Nebelhorn, dass einem die Ohren schmerzen! Ich zucke förmlich zusammen. Ob die sich einen Scherz erlauben und mich ärgern wollen?

Aber nein, sie geben nur ein Warnsignal ab, weil direkt nebenan der Bootshafen liegt. Das muss so sein.
Nun wieder Stille. Eifrig notiere ich alles, was ich wahrnehme. Ein paar Vögel zwitschern in den Bäumen, aber längst nicht mehr so viele wie im Frühjahr. Weiter entfernt auf der Straße brummt der Bus vorbei, hält gar nicht erst an. Wahrscheinlich steigt in dieser frühen Morgenstunde noch niemand an unserer Haltestelle aus oder ein.
Ein großer Vogel segelt über meinen kleinen „Strand" hinweg. Ich höre, wie seine Schwingen die Luft zerschneiden. Auch eine Möwe überquert schwungvoll den Fluss, aber man hört sie nicht. Ein Tagpfauenauge setzt sich auf meine Lehne, wippt kokett dreimal mit seinen prächtigen bunten Flügeln, um mir zu zeigen, wie wunderschön sie sind. Ich beuge mich über den Falter, will ihn genauer betrachten, aber da hebt er plötzlich ab mit fast lautlosem, dumpfen Surren der Flügel und flattert davon.
Vom Sägewerk hinter der Wiese tönt jetzt das vertraute Kreischen herüber, oben neben der Werkstatt hämmert und poltert ein Bootsbesitzer, eine Autotür knallt zweimal, und der Wagen braust davon, am Himmel dröhnt ein Flugzeug, eben kräht ein Hahn in der Ferne, jetzt wieder und noch einmal, sechsmal, siebenmal ... Wen will er jetzt noch wecken? Die Kinderstimmen sind verstummt. Vielleicht gibt es jetzt Frühstück. Ein Schlepper plätschert vorbei. Aus seinem Schornstein quellen dunkelgraue stinkende Wolken und nebeln mich für kurze Zeit ein.
Der Specht hat seine Tätigkeit wieder aufgenommen, diesmal etwas näher. Jetzt muss ein Frosch ins Wasser geplumpst sein, oben am Hang Männerstimmen und wieder ein Schlepper, ein Flugzeug, das Sägewerk, die Wellen klatschen ans Ufer,

jemand beginnt, an seinem Boot zu schmirgeln. Dicke unruhige Fliegen sausen laut und schnell an meinem Kopf vorbei, irgendwo wird ein Motor angestellt … Die Welt erwacht so langsam.

„Füit, füit! Füit, füit!", meldet sich ein Vogel. „Wüt, wüt, wüt!" ein anderer. Die Sonne hat noch eine fast unerträgliche Kraft, obwohl der September schon vor der Tür steht, aber die leichte Brise vom Wasser her lässt es einen aushalten. Ich sitze jetzt auf einem der Stümpfe der abgesägten Bäume, genieße diesen Morgen, schaue auf das spiegelglatte, nur in der Flussmitte vom Wind etwas gekräuselte braune Wasser der Havel. Im Schneckentempo schwimmen ein paar gelbe Birkenblättchen wie leuchtende Goldtaler vorbei.

Schön ist es, mit seinen Gedanken einmal ganz weit weg vom Alltag zu sein …

Da reißt mich eine Stimme hinter mir schlagartig aus meinen Träumen: „Ach hier bist du! – Ja, so lass' ich mir das gefallen!" Aus ist's mit der Stille und Romantik.

Die Wirklichkeit hat mich wieder.

Ein Sexualverbrechen? 1985

Zu gern fahren wir mit dem Fahrrad durch den Wald, entdecken immer wieder neue Wege. Wege, die keinen Namen haben, denen wir selbst Namen geben. So heißt einer für uns jetzt „Rehweg", weil uns dort immerhin schon zweimal ein Reh über den Weg gelaufen ist. Ein anderer heißt „Försterweg", weil dort in manchen Jahren die gefällten Bäume fein säuberlich am Wegesrand gestapelt werden und herrlich nach Kien duften.

Auch gibt es hin und wieder kleine Überraschungen, sei es ein Apfelbäumchen mitten im Wald, das sogar noch Früchte trägt, oder ein uralter Briefkasten, wo längst schon kein Gartengrundstück mehr zu erkennen ist, ein verrosteter Briefkasten also, in dem Blaumeisen nisten, ein kleiner, stark verzweigter Ast, der durch den Tümpel schwimmt – den Biber unter den dichten Blättern kann man kaum erkennen – oder eine Biberratte, die vor uns am Ufer hin- und herschwimmt, schließlich an Land geht, ganz behäbig dicht an uns vorbei den Hügel heraufgeklettert kommt, sich den Apfel greift, den wir ihm hingeworfen haben, und den er in aller Seelenruhe mit seinen orangefarbenen Zähnen bearbeitet, keine zwei Meter von uns, so nah, dass man ihn streicheln könnte.

Man wird immer wieder überrascht. Es ist nie langweilig. Aber nicht alles, was man im Wald entdeckt, erfreut das Herz.

Es war wieder Pilz-Zeit und Heiner und ich im Wald, natürlich mit unseren Fahrrädern, irgendwo bei Birkenwerder. Die Stelle würde ich heute nicht mehr wiederfinden, aber ich sehe noch alles genau vor mir. Nachdem wir lange genug Pilze gesucht hatten, allerdings ohne jeglichen Erfolg, war der Wald plötzlich zu Ende, und wir befanden uns auf einem Weg, den man entweder links oder rechts einschlagen konnte, man kam auf alle Fälle auf eine große Chaussee, denn er schloss hufeisenförmig eine kleine Kiefernschonung ein.

Vielleicht finden wir ja dort Pilze, dachten wir und „grasten" auch noch diese kleine Schonung ab. Aber auch hier fanden wir keinen einzigen Pilz, dafür aber ganz andere spannende Dinge.

„Guck mal, was hier liegt", sagte ich. Es war ein Fahrrad, ein Damenfahrrad mit einem Kinder-Sitz vorne an der Lenkstange, einfach achtlos hingeworfen und nicht mal angeschlossen. „Und hier! Was ist das denn? Damenunterwäsche? Ein Hemd! Und Perlon-Strumpfhosen!"

„Und da? Ein roter Pullover, ein Männerpullover!" Aber von einem Herrenfahrrad keine Spur.

Merkwürdig, irgendetwas musste hier vorgefallen sein. Mein Herz klopfte plötzlich viel schneller. Gleich würden wir eine Leiche finden. Da war ich mir fast sicher. Vielleicht beobachtete uns sogar der Mörder heimlich aus seinem Versteck und sah zu, wie wir hier alles genau untersuchten. Am Ende bringt er uns womöglich auch noch um. Bloß weg von hier!

„Wir müssen unbedingt die Polizei verständigen", da waren wir uns einig. Wo aber war hier die nächste Polizei? Handys gab es damals noch nicht. Wir arbeiteten uns so rasch wie möglich durch das Dickicht bis hin zur Straße, immer die Angst im Nacken. Zu guter Letzt schnellte in der Hektik auch noch ein Kiefernzweig, den Heiner beiseite gedrückt hatte, zurück und ihm mitten ins Gesicht, direkt ins Auge. Das war zwar schmerzhaft, aber wichtiger war es jetzt, einen Mord aufzuklären, keine Minute zu verlieren.

Kaum waren wir ein paar Schritte am Straßenrand Richtung

Birkenwerder entlanggelaufen, da tauchte rein zufällig, aber wie bestellt, ein Streifenwagen auf. Wir winkten, der Wagen hielt an, wir erzählten aufgeregt, was wir entdeckt hatten, und die beiden Volkspolizisten begleiteten uns sofort zu dem Ort des Verbrechens. Es waren ja nur etwa fünfzig bis hundert Meter. Mein Gott, war das aufregend!

Wir fanden die Stelle auch sofort wieder. Dann aber standen wir ziemlich bedeppert da, denn nichts war mehr da: kein Fahrrad, keine Wäsche, keine Strumpfhosen, alle Spuren beseitigt. Wir waren sprachlos, hatten keine Erklärung dafür, überlegten nur, wer uns hier zum Narren gehalten haben könnte.
Was wohl die Polizisten von uns gedacht haben mögen? Dass wir sie veräppeln wollten? Die behielten das jedoch für sich und zogen schließlich unverrichteter Dinge wieder ab.

Bei Licht besehen ... 80er Jahre

Ich hatte Glück, was relativ selten vorkam, jedenfalls, was Schuhe betrifft, und fand eines Tages im Schuhgeschäft ganz hübsche Sandaletten, nicht zu flach, nicht zu hoch, und sie passten mir sogar wie angegossen. Ich hoffte, wenigstens zwanzig Minuten lang damit gehen zu können, ohne gleich Blasen zu bekommen, wie das sonst meistens der Fall war. Sie wurden angeboten in einem dunklen Rot und in Dunkelbraun. Und da ich mich wie immer nicht entscheiden konnte, nahm ich beide Paare.

Als ich am Nachmittag zur Post musste, die sich damals noch in der Schönhauser Allee befand, probierte ich sie gleich aus und stolzierte los. Herrlich! Sie drückten weder an der Ferse noch auf dem Spann, es lief sich fantastisch, und ich kam tatsächlich unbeschadet und überglücklich über meine schicken Sandaletten bis zu unserer Poststelle.

Hier erwarteten mich lange Menschenschlangen an den zwei Schaltern. Es war wohl schon Berufsverkehr. Ich reihte mich ein, und im Schneckentempo ging es vorwärts. Manche Leute in der anderen Schlange schienen meine neuen Sandaletten zu bewundern, waren vielleicht sogar neidisch. Ich spürte förmlich ihre Blicke. Das war ein gutes Gefühl, ich war stolz und wuchs gleich um ein paar Zentimeter. So näherte ich mich langsam, aber sicher – sehr sicher sogar – dem Schalter.

Als ich dann aber zufällig einen flüchtigen Blick nach unten warf, o Schreck!, da wäre ich am liebsten im Boden versunken: Ich hatte eine rote und eine braune Sandalette an! ...

Und auf der Schönhauser Allee strahlte erbarmungslos hell die Sonne, auch auf meine neuen Sandaletten, auf eine rote und auf eine braune.

„Wenn nur die Knie nicht auf einmal so weich wären!"

Ein „feiner" Herr! 80er Jahre

Ein heißes Sommer-Wochenende draußen an der Havel geht zu Ende. Es ist Sonntag, etwa gegen 19:00 Uhr. Wir warten auf dem S-Bahnhof Hohen Neuendorf auf die Bahn aus Oranienburg. Heiner leistet mir noch Gesellschaft auf dem Bahnsteig. Anschließend muss er mit dem Wagen wieder zu seiner Arbeitsstelle nach Neuruppin fahren und ich allein nach Hause, nach Berlin.

Da stehen wir also und warten. Wegen der großen Hitze hab ich mir ausnahmsweise einen leichten Sommerrock angezogen, einen, den ich sonst nur hin und wieder bei der Hausarbeit trage. Ich mag ihn nicht besonders. Er ist blassrosa – eine Farbe, na ja, eigentlich gar keine richtige Farbe, aus einem leichten krepprartigen Baumwollstoff, egal, auf alle Fälle das Sommerlichste, was ich besitze, denn es ist noch sehr schwül, dazu ein schwarzes T-Shirt mit rundem Ausschnitt. Den gleichen Rock besitze ich übrigens noch in anderen, ebenfalls unmöglichen Farben, weil ich mich immer so schwer entscheiden kann: in einem matten Pastellschilfgraugrün, in Rostrot, in Milchblaugrau, aber auch in unpraktischem Weiß. Man ist froh, wenn man überhaupt etwas zu kaufen bekommt, da muss man zugreifen.

Ich komme mir in meinem wischiwaschi-altrosa Rock vor wie ein armes Aschenputtel, nur eben doppelt bis dreimal so alt. Egal, ich werde an diesem Abend hoffentlich niemandem mehr über den Weg laufen, höchstens dem Hausmeister, der pünktlich um acht das Haus abschließt. Wir reden noch über dieses und jenes, dann endlich fährt mein Zug ein. Es heißt wieder einmal Abschied nehmen bis zum nächsten Wochenende, natürlich mit Küsschen und Winken, wie Ehepaare das so machen. Dann schließt sich die Tür. Tschüss!

Das Abteil ist nicht mal zu einem Drittel besetzt. Bei dem schönen Wetter fahren die meisten Wochenendler erst später zurück nach Berlin.
Ich setze mich ans Fenster, in Fahrtrichtung. Mir gegenüber nimmt ein Herr Platz, vermutlich ist auch er gerade erst zugestiegen. Auf dem Bahnsteig habe ich ihn allerdings nicht bemerkt. Vielleicht saß er auch schon vorher im Zug, keine Ahnung. Nun sitzt er mir jedenfalls direkt gegenüber.
Es ist doch immer wieder interessant, Leute zu beobachten, zu raten, wie alt sie sind, was sie von Beruf sein könnten, wohin sie wohl fahren oder woher sie kommen, ob sie ordentlich sind oder schmuddelig und wie sie sich benehmen.
Dieser Herr hier ist nicht wie andere. Die Natur hat es nicht so gut mit ihm gemeint, er ist verwachsen, hat einen Buckel und einen verhältnismäßig großen Kopf, ist etwa Ende fünfzig, trägt ein tadellos gebügeltes hellblaues Oberhemd mit kurzen Ärmeln und dazu helle Hosen, alles sehr gepflegt – er muss also jemanden haben, der sich um ihn kümmert, oder er macht das alles selbst.
Irgendwie tun einem solche Menschen leid. Sie müssen ziemlich einsam sein. So mache ich mir also meine Gedanken über einen Menschen, der mich überhaupt nichts angeht, als es in Blankenburg plötzlich heißt:
„Alle aussteigen! Der Zug endet hier!" Warum auch immer, die Fahrgäste müssen den Zug verlassen und auf den nächsten warten. Ich vertrete mir etwas die Beine, damit die Zeit schneller vergeht, ein paar Schritte hin, ein paar Schritte her, ein paar hin, ein paar her, immer bis zum Informationshäuschen. Und als ich mich gerade wieder einmal umdrehe, steht plötzlich dieser kleine feine Herr vor mir – er geht mir gerade mal bis zum Kinn – und spricht mich sehr höflich an:
„Guten Abend! – Kommen Sie jetzt zu mir?"

Als Untermieter 1975 und 1990

Als Untermieter muss man wirklich ein Gemüt haben, am besten ein ostpreußisches, sonst würde man das gar nicht aushalten. Heiner hat so eines. Da es ihn nach seinem Studium nach Neuruppin an die Berufsschule verschlagen hatte, sein Zuhause jedoch in Rhinow war, also etwa 45 km entfernt, blieb ihm nichts anderes übrig, als sich hier in der Fontanestadt ein Zimmerchen zu mieten. In den ersten Jahren seiner Berufstätigkeit wohnte er bei einer gutsituierten Witwe in der Neustädter Straße. Da hatte er es ganz gut getroffen, obwohl auch nicht alles hundertprozentig war. Kleinigkeiten! Manchmal hatte er den Eindruck, dass sie in seiner Post stöberte. Um sicher zu sein, machte er sich Zeichen und stellte fest: Es war tatsächlich der Fall. Aber ansonsten war alles harmonisch, nur – sie hätte am liebsten ihre etwas behinderte Tochter mit ihm verkuppelt. Heiner tat, als würde er das gar nicht merken. Es wurde nichts daraus, denn „Lieben und Singen lässt sich nicht zwingen".

Aus Gesundheitsgründen musste jedoch die Vermieterin eines Tages ins Seniorenheim ziehen und Heiner deshalb sein Zimmer räumen, weil einem Arzt die verhältnismäßig große Wohnung zugesprochen wurde, und der wollte verständlicherweise nicht noch einen Untermieter mit übernehmen.

Nach einigen „Anläufen" fand er ein Zimmerchen in der Karl-Marx-Straße 10 bei einer Frau Finzelberg, einer sehr herzlichen, fast überschwänglich freundlichen Witwe, die wie Heiner aus Ostpreußen stammte. Das Haus, nur mit einem Obergeschoss, war sehr alt, ca. 200 Jahre, hatte einen schmalen Hausflur mit einer sehr steilen Holztreppe nach oben. Die Wohnung war etwas unvorteilhaft zugeschnitten.

Heiners Zimmer hatte zwar einen separaten Eingang vom Flur, das war schon mal ganz gut, aber auch eine Verbindungstür zu Frau Finzelbergs Wohnzimmer, die jedoch meist verschlossen war. Zur Toilette kam man entweder über Flur und Küche oder von der anderen Seite vom Wohnzimmer aus, aber dann in jedem Fall leider immer nur durch das Schlafzimmer von Frau Finzelberg. Aber der alten Dame machte das nichts aus, wenn Heiner durch ihre Räume lief. Sie war wie eine Mutter.
Für alle Fälle gab es unten im Hausflur noch eine Toilette aus der Zeit, als oben die vom Schlafzimmer aus noch nicht existierte, und die konnte jeder benutzen: das Paar in der Parterrewohnung, nach hinten raus, sowie die Frauen vom Blumenladen, links, und der Besitzer des Juwelierladens, rechts vom Eingang. Aber nach Möglichkeit benutzte man die lieber gar nicht.

Es sollte nicht für lange sein, denn nach unserer Heirat 1966 wollte Heiner eigentlich zu mir nach Berlin übersiedeln. Vielleicht noch ein, zwei Jahre, dann würde er hier eine neue Arbeitsstelle gefunden haben und müsste nicht ein- bis zweimal in der Woche zwischen Neuruppin und Berlin hin- und herpendeln. Zwei Jahre, dachte ich damals. So lange!
Ein Jahr verging und noch eines, und aus den zwei Jahren wurden – sage und schreibe: vierunddreißig! Bis zu seiner Rente im Jahr 2000! Ein Glück, dass wir das nicht vorher gewusst haben.
Lehrer haben bekanntlich öfter mal Ferien, vor allem im Sommer, sofern sie nicht für andere Dinge eingesetzt werden. Da hatte dann Frau Finzelberg für längere Zeit Ruhe und die Wohnung für sich allein. Was sich während seiner

Abwesenheit abspielte, konnte Heiner nur ahnen. Da er seinen Schrank und die Schubfächer nie abschloss, kam es schon mal vor, dass ein paar Zigaretten fehlten oder sich jemand seine Stifte ausgeliehen hatte, wahrscheinlich die Verwandtschaft von Frau Finzelberg, die hin und wieder mit Kind und Kegel zu Besuch kam. War ja alles nicht so schlimm. Einmal jedoch, als Heiner nach den Sommerferien nicht wie gewohnt am letzten Augusttag von Berlin nach Neuruppin in „seine Bude" zurückkam, sondern wegen der Vorbereitungsarbeit bereits fünf Tage früher, und zwar gegen Mitternacht, blieb ihm fast die Luft weg: Da lag doch jemand in seinem Bett und schlief! In seinem alten Metall-Bett. Ein Mann! Heiner wusste gar nicht, was er nun machen sollte. Der Mensch lag da und stellte sich tot. Er reagierte überhaupt nicht. Heiner brubbelte ein bisschen was vor sich hin, um ihn wach zu kriegen. Dabei war der wach! Der verstellte sich bloß, wusste wahrscheinlich auch nicht, wie er sich verhalten sollte. Ja, was nun?

Inzwischen war Frau Finzelberg wachgeworden. Ihr war das natürlich furchtbar peinlich. Sie entschuldigte sich tausendmal in ihrer temperamentvollen Art, war völlig aus dem Häuschen. Ihr Schwager sei zu Besuch gekommen und, na ja, wo sollte der schlafen? Sie wollte gleich das Bett frisch beziehen. Heiner blieb ganz ruhig, sagte, er würde noch mal eine Runde drehen und in einer halben Stunde wiederkommen. Bis dahin würde sie wohl fertig sein. Ja, solche Dinge passieren, kaum dass man den Rücken kehrt.

Aber noch kurioser und aufregender war, was sehr viel später, einige Monate nach der Wende im Frühjahr 1990 geschah. Frau Finzelberg gab es da nicht mehr; sie war schon einige

Jahre zuvor gestorben, und Heiner hatte mit etwas Glück die gesamte Wohnung übernehmen dürfen.

1989 war er monatelang krank, konnte auf keinen Fall seinem Beruf nachgehen und blieb demzufolge in Berlin. Es war die Halswirbelsäule, die ihm zu schaffen machte. Bereits seit Juli war er krankgeschrieben und musste ständig eine dicke „Halskrause" tragen, im Sommer nicht gerade ein Vergnügen. Dann kam die Zeit, in der immer mehr Menschen in den Westen flohen und schließlich die Wende! Im November fiel die Mauer, und Heiner war weiterhin krankgeschrieben. Das zog sich noch weit bis in das Jahr 1990 hinein. Im Frühjahr aber wollte er dann doch mal nach über sieben Monaten in seiner Zweitwohnung nach dem Rechten sehen und machte sich auf nach Neuruppin.

Aber sein Schlüssel passte nicht mehr ins Schloss seiner Eingangstür. Da musste doch jemand dran gewesen sein! Er ging los, besorgte sich Werkzeug und konnte schließlich mit viel Geschick die Tür öffnen. Da staunte er nicht schlecht: Seine Wohnung war leer! Einfach leer! Die Möbel weggeräumt, alles verschwunden. Nichts mehr da.

Was nun? Wer könnte das gewesen sein? Einbrecher? Nein, das hätte jemand bemerkt. Es kam eigentlich nur der Nachbar infrage, der auf der gleichen Etage wohnte, genau über dem Blumenladen.

Heiner klopfte bei ihm und fragte ihn, ob er etwas bemerkt habe, jemand hätte seine ganze Wohnung ausgeräumt. So was macht doch Krach! Der staunte nur und meinte, nein, er hätte nichts bemerkt.

„Na gut", meinte Heiner, „ich werde am besten gleich zur Polizei gehen. Die werden Fingerabdrücke nehmen und den Fall mit Sicherheit aufklären. „Bitte, bleiben Sie solange als Zeuge

hier, bis jemand kommt, und fassen Sie vor allem nichts an!"
Der Nachbar zog sich kleinlaut zurück, und Heiner schlenderte ein bisschen durch die Straßen, ging jedoch nicht zur Polizei.
Nach einer gewissen Zeit kam er zurück, und keine fünf Minuten später meldete sich der Nachbar. Er war ganz aufgeregt und gestand: „Ich war das! Ich hab die Wohnung ausgeräumt. Ich dachte, Sie kämen nicht wieder. Wo doch jetzt so viele in den Westen gehen! Bitte, keine Polizei! Die Sachen sind alle noch da! Oben auf dem Boden sind die Möbel. Die hab ich alle da raufgeschafft."
Na bitte! Der Trick hatte geklappt! Sogar seinen wunderschönen Wanderstock, handbearbeitet, ein Mitbringsel aus Tanéčnia in der ČSSR von 1959, entdeckte Heiner bei seinem Nachbarn im Korridor.
Verschwunden blieb allerdings eine uralte Taschenuhr von seinem Vater. Aber wie sollte man das beweisen?

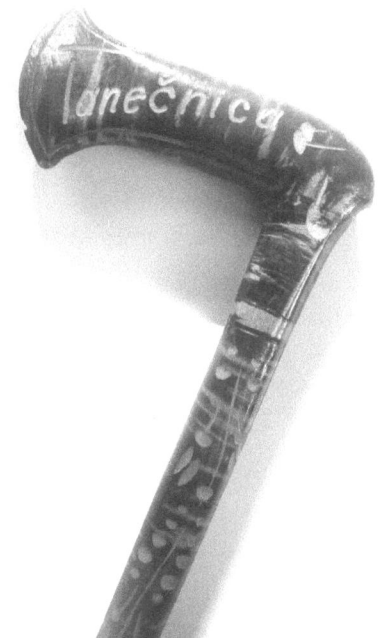

Schwarze Katze jagen   1989

Ganz gleich, ob man einen Hund, eine Katze oder einen Vogel besitzt, man hängt an seinem Tier, und wenn es plötzlich verschwunden ist, macht das Leben gar keinen richtigen Spaß mehr, vor allem, wenn man nicht weiß, wo es abgeblieben ist, vielleicht überfahren, irgendwo versehentlich eingesperrt, im Wald erschossen oder eingefangen. Man leidet doch sehr. Uns geht es jedenfalls so mit unserer Piesel. Es ist zwar nicht wirklich unsere Piesel, aber wenn wir draußen in unserem Sommer-Domizil sind, dann hält sie sich hauptsächlich bei uns auf, da wird sie von niemandem und nichts gestört.

Zuletzt sehen wir sie noch an einem Sonnabend, als wir wegen des schlechten Wetters gerade wieder zur Heimfahrt rüsten. Da rast sie mit Karacho an uns vorbei, runter in die Büsche in Richtung Bootshafen, ihr auf den Fersen eine schwarze Hundemeute: Josef, Laura und Bine. Sicher wollen sie nur spielen. „Schwarze Katze jagen" oder so etwas in dieser Richtung. Im Grunde genommen sind sie sehr friedlich und tun keiner Fliege etwas zuleide, schon gar nicht der Piesel. Aber sie necken sie zu gerne, wofür sie, die in erster Linie ihre Ruhe liebt, natürlich überhaupt kein Verständnis hat.

Blitzschnell ist die wilde bellende Horde um die Ecke und ebenfalls in den Büschen verschwunden. Was dann passiert, bekommen wir leider nicht mehr mit, denn wir müssen los. Es ist schon spät.

Am nächsten Wochenende kommen wir wieder und hören: „Die Piesel ist weg! Die ganze Woche schon." Es kommt zwar schon mal vor, dass sie sich zwischendurch bei anderen Leuten einschleicht, weil es da vielleicht auch etwas Gutes zu fressen gibt.

Sogar in der Kneipe an der Bushaltestelle soll sie schon mal gesessen haben. Aber sobald sie mitbekommt, dass wir da sind, taucht sie normalerweise sofort bei uns auf.

Nicht so an diesem Wochenende. Wir rufen und rufen. Nichts tut sich. Auch unser Licht am Abend, das weit über die Wiese leuchtet, lockt sie nicht an. Jeden Tag suchen wir verzweifelt nach ihr. Zum Glück sind wir jetzt für längere Zeit hier draußen, denn es ist Mitte August und noch Ferienzeit. Aber es nützt nichts, sie ist und bleibt verschwunden. Wir schurren immer mal wieder mit der Blechschüssel auf den Steinplatten. Bei diesem Geräusch taucht sie meist sofort auf, denn das bedeutet: Jetzt gibt's was zu fressen oder zu trinken. Vergebens, sie kommt einfach nicht. Nun fängt es auch noch an zu nieseln. Das macht alles noch so viel trauriger.

Am zwölften Tag geht Heiner – er gibt die Hoffnung nicht auf – ein letztes Mal auf die Suche, überall, auf dem ganzen Gelände, zwischen den Booten und den Gebäuden, bis zum Hafen und bis zum Wald und zum x-ten Mal am Ufer entlang bis hin zum Holzplatz am Ende der Wiese, wobei er wieder und wieder laut Piesels Namen ruft.

Und – man soll es nicht glauben – sie antwortet plötzlich mit kläglicher Stimme. Aber wo steckt sie? Warum kommt sie nicht? Kann sie nicht kommen? Die Stimme hört sich an, als käme sie von der anderen Havelseite. Aber das ist unmöglich. Wie soll sie da rübergekommen sein?

Tatsächlich, sie ist da drüben. Man kann sie nur nicht sehen in dem dichten Gebüsch. Aber die Stimme kommt ohne Zweifel vom anderen Ufer. Hoffentlich läuft sie nicht noch weiter weg, denn dann ist sie verloren in der Wildnis. Verhungern wird sie wohl nicht so schnell, sie ist schließlich Meister im Mäusefangen. Aber es gibt in der Nähe nicht ein einziges Haus, keinen

Menschen, bei dem sie unterschlüpfen könnte, nur Brennnesseln, Gestrüpp, den „toten Arm" der Havel und etwas weiter entfernt die große Müllkippe.

Heiner ruft: „Piesel! Piesel!" Und die Antwort kommt prompt: „Miau!" Immer wieder „Piesel!" – „Miau!" – „Piesel!" – „Miau!" Während nun Heiner an unserem Ufer zurückläuft, folgt Piesel auf gleicher Höhe auf der anderen Seite, bis sie direkt gegenüber von unserem Haus angelangt ist. Aber was nun? Wie sollen wir sie rüberholen? Das müsste schnell gehen, sonst entwischt sie uns wieder.

Ich schnappe mir unsere große blaue Schüssel und schwimme hinüber zu ihr, bilde mir ein, ich könnte eine verängstigte Katze einfangen, sie in eine Schüssel setzen und mit ihr über die Havel schwimmen.

Es nieselt weiter, und so langsam wird es schummrig. Piesel lässt sich natürlich nicht greifen, obwohl sie mich kennt. Sie ist scheu geworden. Unverrichteter Dinge muss ich zurückschwimmen, nicht so einfach mit der großen Schüssel, die füllt sich sofort mit Wasser und zieht mich heftig nach unten. Das wäre ja was geworden mit der Katze darin!

Für heute müssen wir den Rettungsversuch abbrechen, es ist schon zu dunkel und ausgerechnet totale Mondfinsternis. Mit der Taschenlampe wagen wir uns noch einmal runter ans Ufer und rufen nach drüben: „Piesel! Piesel!" Und sie antwortet auch brav mit „Miau!"

Ihre gelbgrünen Augen leuchten wie zwei kleine Lichter herüber, und diese zwei Lichter spiegeln sich ganz deutlich in der Havel. Unwahrscheinlich!

Bevor wir schlafen gehen, rufen wir sie noch ein paarmal, um uns zu überzeugen, dass sie noch da ist. Bestimmt hat sie genauso große Sehnsucht nach uns wie wir nach ihr.

Die Ärmste! Statt einer trockenen weichen Schlafstelle hat sie nur nasses Gras und statt Milch nur Regenwasser. Aber morgen werden wir sie holen. Wenn sie dann noch da ist!

Am anderen Tag – wir können es kaum erwarten – rufen wir wieder unsere Piesel. Und tatsächlich, sie ist an der Stelle geblieben, wo sie am Vorabend zuletzt gesessen hat. Nun aber los! Wir schnappen uns eine große Tasche mit Reißverschluss, packen eine Bockwurst ein, leihen uns einen alten Angelkahn aus und rudern bei leichtem Nieselregen hinüber zum „Katzenfang".
Da sitzt sie, unsere Kleine, zum Greifen nah. Wir steigen aus, klettern über die Steine, die kullern polternd die Böschung hinunter. Das Ufer ist nämlich vor kurzem erst befestigt worden und noch nicht wieder bewachsen. Bei dem Lärm schreckt Piesel jedes Mal zusammen, wagt sich dann aber doch ganz nah zu uns heran, frisst sogar ein bisschen, lässt sich auch streicheln, aber nur mit einer Hand. Sobald wir sie mit beiden Händen fassen wollen, wehrt sie sich, als ginge es um ihr Leben. Ihre vier Pfoten strampeln mit einer solchen Geschwindigkeit, dass es scheint, als hätte sie doppelt so viele. Mit vereinten Kräften gelingt es Heiner endlich, sie an einem Beinchen festzuhalten, sie zu greifen und in die Tasche zu bugsieren, aus der sie natürlich wie wild versucht zu entkommen. Sie versteht ja nicht, dass wir es nur gut mit ihr meinen. Bloß schnell den Reißverschluss zu! Vorsicht! Die Schnurrhaare! Und ab in den Kahn. Sie rappelt wie verrückt in der Tasche herum. Ich öffne ein wenig den Reißverschluss, damit sie Luft bekommt, und rede ihr gut zu. Sie aber versucht mit allen Kräften, sich zu befreien. Das fehlte gerade noch, mitten auf der Havel.

Also Köpfchen wieder reingestopft und Reißverschluss zu! So landen wir ohne weitere Zwischenfälle wieder im Bootshafen. Erst bei uns im Zimmer wird die Tasche geöffnet und die Piesel befreit.
Gerettet!
Sie sagt nicht einmal „Danke!", auch nicht nach Katzenart. Die zwölf schlimmen Tage sind sofort vergessen, und alles ist so, als wäre überhaupt nichts passiert. Sie sucht sich in aller Ruhe ein Plätzchen und macht es sich gemütlich. Vielleicht denkt sie, es sei alles nur ein böser Traum gewesen. Ich glaube aber, sie denkt überhaupt nicht.

Wie aber ist die Piesel auf die andere Havelseite gekommen? Wir werden es nie erfahren.

Liebesbeweis 1993

„Na dann gute Nacht! Und schlaf gut!", meint Heiner und zieht sich die Bettdecke bis zum Kinn. „Danke", erwidere ich, „werd' mir Mühe geben. Bei dem Regen müsste man eigentlich gut schlafen. Good night!"

Stockfinster ist es und mucksmäuschenstill – bis auf diesen monotonen Landregen, beinahe gespenstisch. Ich muss an den „Hund von Baskerville" denken. Ewig her, aber gruselig. Ob es damals in dem Film geregnet hat, weiß ich allerdings heute nicht mehr.

Es ist schon weit nach Mitternacht, da rappelt es plötzlich draußen am Haus. Die Wände bestehen nur aus Gipsfaserplatten, sind ziemlich dünn und sehr glatt. Was war denn das? Ein Wildschwein? Ein Fuchs? Oder etwa Ratten? Und gleich rappelt's noch mal. Wir sind auf einmal hellwach. Das Herz klopft schneller. Jetzt wird polternd das Gazefenster beiseite gedrückt, geräuschvoll die Gardine verschoben, und irgendein Wesen landet in unserem Schlafraum.

„Mrau, mrau!" Ganz laut „mrau, mrau!"

Ach, die Piesel ist das! Aber warum macht sie bloß solchen fürchterlichen Lärm mitten in der Nacht?

„Mrau, mrau!" Jupp, springt sie auf Heiners Bett und – legt ihm stolz eine nasse tote Maus auf die Brust. Na fein!

„Iih, was soll denn das, Piesel?", grummelt er. „Also, weißt du! Das ist ja eklig!"

Womöglich will sie dafür auch noch gelobt und gestreichelt werden. Heiner greift mit zwei Fingern die nasse Maus am Schwanz, bringt sie raus vor die Tür, legt sie neben den Mülleimer und sich selbst wieder ins Bett.

Piesel will lieber draußen bleiben. Na gut, soll sie, vielleicht macht sie sich ja doch noch über ihre Beute her.
Wie hat sie es nur geschafft, so hoch zu springen? Das sind über zwei Meter bis zu unserem kleinen Fenster, und da gibt es noch nicht mal ein Fensterbrett, nur einen Bügel aus Metall, auf dem man Lappen trocknen kann. Unter dem muss sie sich hindurchzwängen. Der linke Fensterflügel ist geschlossen, der rechte offen. Hier klemmt ein selbst zusammengeschustertes Gazefenster drin. Und das hat sie, mit der fetten Maus im Maul, einfach mit ihrem Köpfchen weggedrückt. Die macht Sachen!

„Na, dann noch mal – gute Nacht!"
„Ja, gute Nacht!"

Gar nicht lange danach genau das Gleiche: Gerappel am Haus. „Mrau, mrau!" Und schon wieder wird Heiner ganz sanft eine tote Maus auf die Brust gelegt. Auch die bringt er raus, um sie neben die andere zu legen. Aber die andere ist gar nicht mehr da. Nanu?
Hat Piesel die etwa schon verdrückt? Aber so schnell? Ach, bestimmt ist das dieselbe von vorhin, und Piesel hat sie zum zweiten Mal angeschleppt. Die wird aber jetzt in Alufolie gewickelt und wandert in den Mülleimer. So, Deckel zu, nun hat die liebe Seele Ruh. Hoffentlich!
Und es regnet und regnet.
Keine halbe Stunde später schon wieder das gleiche Theater: „Mrau, mrau! – Mrau, mrau!" O nein! Piesel schleppt die nächste Maus an. Das geht hier wie das Brezelbacken.

Wahrscheinlich steht der Bau unter Wasser, die Mäuse wollen einfach nur raus, und Piesel, schlau wie sie ist, sitzt vor dem Mauseloch auf der Lauer und braucht nur noch zuzulangen. Vorsichtshalber nehmen wir jetzt das Gazefenster heraus und schließen das Fenster. So! Heute Nacht keine Annahme von Mäusen mehr! Nun aber endgültig „Gute Nacht!"

Ich frag mich nur: Wie kann sie so laut maunzen mit einer Maus im Maul? Das soll erst mal einer nachmachen!

Die Spree-Hexe Anfang 90er Jahre

Bei unserem Stadtbummel durch Berlin mit Verwandten aus dem Westerwald kamen wir auch am Zeughaus vorbei, zum ersten Mal nach der Wende. Vieles hatte sich hier verändert. Da am Ufer der Spree gab es kleine Verkaufsstände mit Ansichtskarten, Andenken und allem Möglichen, aber neuerdings auch – die Hütchenspieler. Gehört hatten wir häufig schon davon, aber noch nie welche erlebt. Wir schauten eine Weile interessiert zu, ließen uns jedoch nicht „verführen", obwohl es doch sehr verführerisch war.
Und was auch neu war: Man konnte dort im Freien sitzen und essen. Und da gerade Mittagszeit war, nutzten wir die Gelegenheit, besorgten uns jeder ein Gericht unserer Wahl in der Gaststätte und nahmen an einem Vierertisch Platz. Das hat uns gefallen und war recht gemütlich.
Am Nachbartisch, genau in meinem Blickfeld, saßen zwei Herren sich gegenüber, der eine links mit dem Rücken zum Museum, der andere rechts mit dem Rücken zur Spree. Sie gehörten aber vermutlich nicht zusammen.
Plötzlich erhob sich der rechte, obwohl er noch gar nicht richtig angefangen hatte zu essen, und eilte die paar Meter rüber zum Restaurant. Vielleicht wollte er sich noch ein Getränk besorgen oder musste mal. Seinen Teller mit dem Essen ließ er solange unbeaufsichtigt stehen. Der andere Herr würde schon aufpassen. Der aß weiter, völlig in Gedanken versunken.
Auf einmal näherte sich von rechts ganz langsam eine dunkle weibliche Gestalt wie aus einem Gruselfilm oder wie eine Hexe aus dem Märchen: steinalt, mager, grau, zerlumpt. Gespenstisch schlich sie ganz dicht an den Tischen vorbei, auch

an unserem und weiter zum Nachbartisch. Und als sie an dem leeren Platz und dem vollen Teller vorbeikam, griff sie blitzartig zu, schnappte sich das Stück Fleisch, biss kräftig hinein und machte sich mit dem Rest davon.

Der „linke" Herr sah nur kurz auf, sagte kein Wort und aß seelenruhig weiter, als wäre nichts passiert. Vermutlich hat er es nicht einmal mitbekommen. Das ging so fix und er war so vertieft in sein Essen. Wir dagegen hatten alles verfolgt, waren sprachlos, aber vor allem gespannt, was der andere für ein Gesicht machen würde, wenn er wiederkommt und sein Fleisch vom Teller verschwunden ist. Er musste ja denken, sein Gegenüber hätte das stibitzt, wer denn sonst?

Aber der andere Herr machte kein Gesicht, denn er kam überhaupt nicht wieder. Schade! Ich hätte es zu gerne gesehen – sein Gesicht.

Katze und Igel   1994

Dass Hase und Igel sich nicht besonders mögen, wissen wir aus Grimms Märchen, aber wie ist es mit Katze und Igel?
Ein Teller mit Milch steht zu jeder Zeit auf der Terrasse. Das hat sogar der Igel schon mitbekommen. Vor allem nachts macht er sich heimlich darüber her. Aber mit der Zeit wird er immer zutraulicher und kommt sogar schon mal am Nachmittag angewatschelt, um von Piesels Milch zu schlecken.
O je! Wenn die das sieht! Das gibt Mord und Totschlag! Wo ist sie eigentlich? Hoffentlich kommt sie nicht ausgerechnet jetzt. Aber da taucht sie auch schon auf. Was wird sie machen? Wird sie fauchen? Oder auf den Igel losgehen? Schließlich besitzt der die Frechheit, von ihrer Milch zu trinken. Das kann blutig enden. Wir wagen gar nicht, dazwischenzugehen, verhalten uns ganz still und warten gespannt ab.
Und was macht Piesel?
Als wäre es das Normalste der Welt, nähert sie sich dem Teller und versucht, ebenfalls etwas abzubekommen. Der Igel lässt sich gar nicht stören. Uns aber verschlägt es die Sprache. Schnell holen wir einen zweiten Teller mit Milch und stellen ihn neben den anderen. Nun stehen Katze und Igel friedlich Seite an Seite und schlabbern eifrig ihre Teller leer, so als wären sie alte Freunde.
Vielleicht sind sie das ja auch. Wir wissen ja nicht, was sich in den Nächten hier draußen alles so abspielt und können nur staunen.

Ein Mord? 1994

Es klingelt an der Tür. Hier oben. Jemand steht also unten vor der Haustür und will zu uns. Wer kann das sein? Wir erwarten niemanden. Neugierig nehme ich den Hörer der Sprechanlage ab und frage: „Hallo?"
„Ist Susanne da?", fragt aufgeregt eine Männerstimme.
„Susanne? Welche Susanne? Hier gibt's keine Susanne."
„Na, Susanne! Die wohnt doch hier."
„Hier wohnt keine Susanne. Vielleicht im zweiten Aufgang, um die Ecke."
„Nein, die wohnt hier."
„Wo soll sie denn da wohnen?"
„Im ersten Stock. Können Sie mal aufmachen?", fragt der junge Mann unten an der Haustür. Er sagt nicht mal „Bitte".
Da fällt mir ein, dass die Leute unter uns vor vielen Jahren mit ihrer vierjährigen Tochter hier eingezogen sind, und richtig, diese Kleine hieß Susanne. Inzwischen war mir der Name entfallen, und sie musste auch längst zu einem jungen Mädchen herangewachsen sein. In einem Mietshaus bekommt man sich gegenseitig manchmal jahrelang nicht zu sehen.

„Aber wenn Sie klingeln und sie macht nicht auf, dann wird sie wohl auch nicht da sein", mache ich ihm klar. Man kann doch nicht einfach jedem die Tür öffnen.
„Doch, sie ist da. Ich weiß, dass sie da ist. Ich mache mir Sorgen. Es ging ihr nicht so gut."
Der junge Mann macht zweifellos einen sehr besorgten Eindruck. Ich lasse mich erweichen und drücke auf die Taste, lausche aber vorsichtshalber an der Wohnungstür, ob er auch tatsächlich unter uns klingelt und ob ihm jemand öffnet.

Er drückt nicht nur einmal auf den Klingelknopf, nein, er klingelt wie wild. Aber niemand reagiert.

„Mach auf!", brüllt er schließlich. „Ich weiß, dass du da bist! Mach sofort die Tür auf!"

Nichts regt sich. Jetzt wird er wütend, tobt und tritt mehrmals heftig mit dem Fuß gegen die Tür, so laut, dass alle im Haus das hören müssten. Aber es hört niemand, denn es ist vermutlich außer mir kein Mensch im Hause. Sie sind alle zur Arbeit. Das ist vielleicht ein Lärm! Gleich wird er die Tür eintreten. Es hört sich jedenfalls sehr gefährlich an.

Aber da wird dann offenbar doch geöffnet, ich nehme an, von Susanne, sicher aus Angst, er würde die ganze Wohnungstür zu Kleinholz machen. Doch nun geht es erst richtig los. Er schreit sie an, sie flüchtet von einem Zimmer ins andere, er hinterher. Die Türen knallen, Gegenstände fliegen umher, Stühle oder was weiß ich. Es ist furchtbar. Mein Herz klopft gewaltig. Was ist da los? Was spielt sich da ab? Und wie soll ich mich verhalten? Hätte ich nur nicht die Haustür geöffnet! Vielleicht sollte ich runtergehen und einfach mal an der Wohnungstür klingeln, damit der Gangster einen Schreck bekommt und innehält. Aber wenn er mir dann womöglich mit einem Messer entgegenkommt? Wenn ich nur die Telefonnummer der Familie wüsste! Einfach mal klingeln lassen, ihm einen Schreck einjagen! Aber sie stehen nicht im Telefonbuch. Soll ich den Hausmeister anrufen und um Hilfe bitten? Aber der steht dann womöglich gerade wieder unter der Dusche, wie das schon mal der Fall war, denn ausgerechnet jetzt hat er ja Feierabend.

Ich hab das Gefühl, unter uns wird gerade die ganze Wohnung in einen Trümmerhaufen verwandelt. Die beiden brüllen sich gegenseitig an.

Verstehen kann ich allerdings kein Wort, aber auf alle Fälle findet ein wilder Kampf statt. Am besten wäre es, die Polizei zu rufen. Aber wie lange würde das dauern, bis da jemand kommt! Und soll ich mich da überhaupt einmischen?

Das geht so eine ganze Weile. Und auf einmal fliegt mit lautem Knall die Wohnungstür unter uns zu, jemand eilt die Treppe hinunter und verlässt fluchtartig das Haus. In der Wohnung unter uns ist es plötzlich mucksmäuschenstill. Verdächtig still. Und es bleibt still.
Was war passiert? Hat er sie umgebracht? Mir geht es ganz miserabel. Und ich bin hier womöglich schuld! Schon bald wird die Polizei bei uns klingeln und Zeugen suchen. Was soll ich da sagen? Natürlich die Wahrheit, denn ich bin ja die einzige Zeugin, wenn ich auch weder den Verbrecher, noch Susanne zu Gesicht bekommen habe. Ich würde weder ihn noch sie erkennen. Und dabei wollte ich dem jungen Mann doch nur helfen, weil er so besorgt um seine Freundin war.
Die Polizei kommt nicht. Sie kommt nicht an diesem Tag, auch nicht am nächsten, sie kommt überhaupt nicht. Und in der Wohnung unter uns bleibt es still. Keine Susanne, auch nicht die Eltern. Tagelang niemand. Und da liegt vielleicht eine … Ich möchte gar nicht zu Ende denken.

Viele Wochen vergehen, da kommt uns eines Tages im Treppenhaus ein hübsches, dunkelhaariges junges Mädchen entgegen und grüßt freundlich.
„Wer war das denn?", frage ich Heiner.
„Na, das ist doch die Susanne von unter uns."
„Plumps" macht es da. –
Das war der Stein!

Selten so gezittert 2006

Die junge Familie neben uns ist vor kurzem ausgezogen, weil die Wohnung zu klein geworden war mit einem Kind, und schon sind neue Mieter eingezogen. Keine Ahnung, wer sie sind. Zu Gesicht bekamen wir sie bisher nicht. Eines Tages jedoch – ich bin gerade im Korridor beim Staubsaugen – höre ich nebenan Geräusche und Stimmen, und die flößen mir gewaltige Angst ein. Eine Frau schreit laut:
„Nein! Nein! Fass mich nicht an! Geh weg! Ich weiß, du willst mich umbringen! Geh weg! Lass mich in Ruhe!"
Sie wehrt sich wahrscheinlich mit Händen und Füßen gegen einen äußerst brutalen Mann. Von dem höre ich jedoch kaum einen Laut, höchstens ein Murmeln. Und das ist ja das Unheimliche daran. Klar, es darf ihn ja niemand hören, dann würde er sich verraten. Dafür schreit sie um so lauter in Todesangst:
„Fass mich nicht an!" Und immer wieder:
„Ich weiß, du willst mich umbringen!"
Ich versuche, mir diesen Mann vorzustellen, zweifellos ein Monster: groß, breit, plump, mit aufgeschwemmtem Gesicht, unrasiert, mit gierigen blutunterlaufenen Glubschaugen und groben Händen. So bedrängt er die Frau. Und die hat sich bestimmt in einer Ecke verbarrikadiert oder sitzt auf irgendeinem Möbelstück und wehrt sich mit Händen und Füßen gegen diese Bestie. Ich zittere am ganzen Leibe, als wäre ich selbst das Opfer, überlege, was ich machen soll, bin ganz allein in der Wohnung. Hört denn niemand im Haus, was hier passiert? Soll ich nicht doch lieber die Polizei rufen? Aber ehe die so kommt! Meine Güte, bis dahin ist die Frau längst tot. Da wird es urplötzlich still nebenan, unheimlich still.

Ich laufe rasch zum Schreibtisch, nehme Zettel und Bleistift und notiere mir für alle Fälle, was ich gehört habe, mit zitternden Händen, es ist kaum zu lesen, so krakelig. Aber für die Polizei könnte das bestimmt sehr wichtig sein. Mein Herz klopft wie verrückt. O Gott, da haben wir ein paar schöne Nachbarn bekommen! Das kann ja heiter werden!

Jetzt kommen mir aber doch Zweifel: Vielleicht läuft da nur ein Krimi im Fernseher so laut oder ein Video. Und ich rufe hier die Polizei, und am Ende blamiere ich mich!
Aber da geht es nebenan schon wieder los:
„Du willst mich umbringen! Ich weiß, du willst mich umbringen! Geh weg! Fass mich nicht an!" Und immer so weiter.
Selten habe ich so am ganzen Leibe gezittert, kann das Zittern gar nicht abstellen.
Dann aber hört das Schreien abrupt auf. Ich spitze die Ohren, wage kaum zu atmen, vernehme jetzt nur noch ein paar undefinierbare Geräusche, Möbelrücken oder dergleichen. Also Spuren verwischen, sonst nichts. Ich gehe zurück an meinen Arbeitsplatz und versuche, mich zu beruhigen. Es geht aber nicht. Da knallt auf einmal die Wohnungstür nebenan zu. Ich höre Schritte auf der Treppe. Schnell laufe ich auf den Balkon, will sehen, wer da aus unserem Haus flüchtet, denn das könnte eventuell noch wichtig werden.
Ich sehe niemanden Verdächtiges, nur zwei Personen, einen jungen Mann und eine junge Frau mit ihren Rucksäcken recht fröhlich davonziehen, kann das überhaupt nicht begreifen. Wieso zwei? Das sind bestimmt andere Leute. Aber wo ist der Mörder?

Wochen später klingelt es abends ziemlich spät an unserer Tür. Es ist eine junge Frau, die soeben vom Fitnesstraining zurückgekommen ist. Angeblich wohnt sie seit kurzem hier in unserem Haus, direkt neben uns. Merkwürdig, wir haben sie noch nie gesehen. Und nun kommt sie nicht in ihre Wohnung. Sie hat sich ausgesperrt, und dummerweise steckt der Schlüssel von innen im Schloss. Sie fragt, ob sie vielleicht von uns aus den Schlüsseldienst anrufen dürfte.
Das kann Stunden dauern. Es ist längst dunkel und ganz schön kalt, deshalb bitten wir sie zu uns herein, damit sie nicht im Hausflur warten muss. So lernen wir also endlich unsere hübsche Nachbarin kennen und erfahren ganz nebenbei, dass sie Schauspielerin ist. Und ihr Freund ist Regisseur.
Und neulich, ach ja, da habe sie geübt für ihre Rolle in einem Krimi. Und ihr Freund, meint sie, das sei ein ganz Ruhiger, der tut keiner Fliege etwas zuleide.

Der Schlüsseldienst trifft nach etwa einer halben Stunde ein und behebt den Schaden in wenigen Sekunden. Und die Rechnung? Ja, die ist ganz schön happig! Aber immerhin noch etwas unter 200,- Euro. Für ein paar Sekunden!

Wir retten einen Elefanten   6. Januar 2007

Heute haben wir doch tatsächlich einem Elefanten das Leben gerettet! Ja, wirklich, wir haben ihm das Leben gerettet. Na ja, zumindest haben wir ihm eine komplizierte OP erspart. Wie das kam? Ganz einfach: Vor ein paar Tagen hat Heiner unseren Tannenbaum entsorgt, gleich rechts vor der S-Bahn-Brücke. Da lag bereits einer. So hatte unser Baum wenigstens etwas Gesellschaft. Im Januar werden gewöhnlich nach und nach alle ausrangierten Weihnachtsbäume von der Stadtreinigung abgeholt.

Fast jeden Tag kommen wir an der S-Bahnbrücke vorbei, schauen nach unserem Bäumchen und kommen uns ziemlich herzlos vor, weil wir es einfach so der Kälte überlassen haben.

Auch heute gingen wir dort vorbei. Inzwischen hatten sich schon einige Fichten und Tannen dazugesellt, kleine, große, breite und magere. Und es regnete und regnete auf die armen Bäumchen, aber das machte sie auch nicht wieder frisch.

„Na, erkennst du unsern Baum?", fragte Heiner.
„Ich denke, ja!"
Etwas versteckt und fast erdrückt von anderen Tannen lehnte er in der Ecke.
„Da, an dem Nagel kannst du ihn erkennen!"
„Ich erkenne ihn auch so. Unsrer hat keine Spitze wie die andern. Und die Zweige hängen schon so traurig herunter. Der Arme!"

Ja, unser Baum ist zwar mal sehr schön gewesen, vor allem dicht gewachsen, aber leider hatte er keine Spitze, jedenfalls keine in der Mitte, auf die man eine Christbaumspitze hätte stecken können, sondern gleich vier oder fünf rundherum und in der Mitte nur so ein knospenähnliches Stummelchen. Dahinein hatte Heiner am Heiligabend einfach einen langen Nagel geschlagen, damit die Christbaumspitze drüber gestülpt werden konnte. Ans Improvisieren waren wir ja gewöhnt.

Der Regen wurde langsam unangenehm, wir wollten weiter.
„Der Nagel!", meinte ich.
„Wieso? Was ist mit dem Nagel?"
„Na ja, wir können doch den Nagel nicht einfach drin lassen!"
„Warum denn nicht?"
„Na, wenn die Elefanten den Baum fressen! Die Bäume werden doch an die Elefanten im Zoo oder Tierpark verfüttert. Und einer wird dann unseren Baum fressen! Und den Nagel gleich mit!"
„Meinst du?"
„Ja! Ich hab das mal gehört. Elefanten fressen die sogar sehr gerne, die Tannen. Im Fernsehen haben sie das sogar mal gezeigt."
„Hm, na gut."
Also wir zurück, Nagel versucht zu ziehen, in einer Hand den Schirm, in der anderen den Einkaufsbeutel. Ging natürlich nicht, so mit bloßen Fingern.
„Aber der Nagel darf nicht drin bleiben! Der muss raus! Was da passieren kann! Einen Nagel kann nicht mal ein Elefant verdauen. Gib mir den Beutel und den Schirm, damit du die Hände frei hast, und versuch's noch mal!"
Der Nagel saß fest, rückte und rührte sich nicht. Ich hielt mit dem Schirm den Regen ab.
Die Leute müssen auch gedacht haben: Was machen die denn da mitten in dem Berg von alten Weihnachtsbäumen? Wollen die sich etwa noch ein paar Zweige klauen?

„Ich krieg' den nicht raus, so ohne Zange", stöhnte Heiner. Das dauerte und dauerte. Und es regnete und regnete. Aber mit viel Geduld, Geschick und vor allem Kraft ließ sich dann endlich der Nagel doch noch herausbrechen.
Ein Glück! Wir hatten einem Elefanten das Leben gerettet! Ein Stein fiel uns vom Herzen – schwer wie ein Elefant.

Sieben Jahre später hörte ich zufällig im Radio, was mit den entsorgten Weihnachtsbäumen wirklich passiert: Es wird Energie daraus gewonnen. Da hat man uns also damals einen ganz schönen „Bären aufgebunden" bzw. einen Elefanten.

Nichts geht verloren 2010

Im Sommer, draußen bei uns, spielt sich fast alles im Freien ab, meist auf der Terrasse: das Frühstück, vorher noch Vögel füttern, Mittag, Kaffee, Abendbrot sowie Lesen, Rätsel raten, Nähen, wenn nötig, Maniküre, Fußbad, Pediküre, ja sogar Haare schneiden. Heiner lässt sich zwar ungern die Haare schneiden. Nur wenn's gar nicht mehr geht, darf ich zur Schere greifen. Zum Friseur geht er schon seit ewigen Zeiten nicht mehr. Und hier bei schönem Wetter und angenehmen Temperaturen ist das ja auch ganz praktisch: Er braucht keinen Umhang, die Haare fallen einfach auf den Boden, werden vom leichten Wind weggefegt, und was auf den Schultern haften bleibt, wird anschließend beim Baden in der Havel abgespült.

An unserer Birke haben wir einen kleinen Nistkasten, und wenn wir im Frühjahr nicht zu spät kommen, können wir die jungen Blaumeisen hören und beobachten, wie sie abwechselnd aus dem Loch gucken und auf ihre Mutter warten. Einmal hat es sich die Piesel auf dem Kasten gemütlich gemacht und lag da auf der Lauer. Ein anderes Mal war das Einflugloch rundherum angeknabbert und vergrößert und alle jungen Meisen waren verschwunden. Zwei lagen tot im Gras. Und in einem Frühjahr war das Dach teilweise aufgebrochen.

„Das ist sicher so ein Raubvogel gewesen", meinte Heiner, „ich werd' mal den Kasten reparieren und bei der Gelegenheit gleich ausmisten", holte Werkzeug und Leiter, stieg hinauf, nahm den Nistkasten ab und reichte ihn mir herunter. Neugierig schaute ich von oben hinein, wollte mal sehen, wie so ein Meisen-Stübchen aussieht. Da war es, das verlassene kleine, kunstvolle Nestchen! Ganz weich und weiß ausgepolstert – wie ein Bettchen. „Ach, wie niedlich! Guck doch mal, hier! Deine Haare! – Vom vorigen Jahr!"

Ein Fehltritt hat Folgen

Sommer in Hohen Neuendorf. Es ist Donnerstag, der 22. Juli 2010, am späten Nachmittag. Endlich soll es ein bisschen kühler werden nach wochenlanger Hitze. Günstig, mal wieder nach Hause zu fahren, um einiges zu erledigen, natürlich mit der Bahn und nicht mit dem Auto, denn in Berlin einen Parkplatz zu ergattern, ist fast wie ein Sechser im Lotto. Drei dicke Taschen Gepäck mit schmutziger Wäsche, Lebensmitteln usw. stellen wir kurz ab und gehen noch einmal zu Oma Ruth rein, mit der wir befreundet sind und der, zusammen mit ihrer ziemlich großen Familie, das ganze Gelände gehört, um uns zu verabschieden. Ach Gott, sie kommt angehinkt wie die Hexe im Märchen, man könnte sagen: im rechten Winkel. Der Ischiasnerv ist eingeklemmt. Sie hat große Schmerzen und tut uns überaus leid. Nicht laufen zu können ist schlimmer als ein gebrochener Arm. Wir wünschen ihr gute Besserung und müssen los, damit es nicht zu spät wird. Draußen treffen wir noch auf Berry und Olli. Olli zeigt uns stolz seinen neuen Volleyball und fragt Heiner:
„Woll'n wir mal?"
„Ja, klar!" – So viel Zeit muss sein. Der Ball kommt geflogen, Heiner macht einen Schritt zurück, um besser annehmen zu können, aber noch vor der allererste Ballberührung sackt er zusammen, liegt lang, halb auf dem gepflasterten Weg, halb auf dem kurzgeschorenen Rasen, und kommt nicht mehr hoch. Ein Fehltritt! Die kleine Kante zwischen Rasen und Weg, – nicht mal 2 cm hoch! Die rechte Achillessehne gerissen!
Heiner hat es gleich geahnt. Man konnte es hören. Er hatte das schon mal am anderen Fuß. Alle stehen ziemlich verdattert da. Was nun?

Ich muss vor Schreck ganz plötzlich wohin, gehe schnell noch mal ins Haus von Ruth, die wir gerade vor wenigen Minuten noch so sehr bedauert haben, und berichte kurz von dem Malheur. Sie kommt mit ihrem Stock herausgehumpelt und kann es gar nicht fassen. So schnell kann das gehen.
Wie sagte schon seinerzeit der Schriftsteller Wieland? „Ein einz'ger Augenblick kann alles umgestalten." Er hatte ja so recht. Wie kommen wir jetzt nach Berlin? Mit der S-Bahn geht es ja nun nicht mehr. Unser Auto steht zwar hier auf dem Parkplatz, aber das beste Auto nützt nichts, wenn der Besitzer nicht fahren kann. Heiner kann es unmöglich.
Olli versucht per Telefon, ein Taxi für uns zu besorgen. „Ja, kommt aber erst in drei Stunden," so die Zentrale. Dann erreicht er eins in Frohnau. Gut, in zehn Minuten. Daraus werden zwanzig bis dreißig Minuten. Wir stehen und warten. Piesel zeigt sich solidarisch. Sie merkt wohl, dass irgendetwas nicht stimmt, setzt sich neben unsere Taschen und wartet mit uns geduldig auf das Taxi, das uns dann schließlich nach Berlin fährt.

Nun schnell ein paar Sachen fürs Krankenhaus zusammensuchen, 110 anrufen …
„Wir kommen mit Blaulicht. In drei Minuten sind wir da!"
Und Heiner noch nackt! Schnell noch mal „für kleine Jungs", da klingelt es auch schon.
Ja, es ist die Achillessehne. Doch in welches Krankenhaus am besten? Weißensee, Schönstraße? Ist abgerissen. Fröbelstraße? Nicht geeignet. Marzahn? Zu weit. Also ab zum Bundeswehr-Krankenhaus, Scharnhorststraße!
Küsschen. „Mach's gut!"
„Ja, du auch. Tschüss! Tschüss!"
Puh!

Wirklich ein aufregender Donnerstag! Aber nun ist Heiner wenigstens in guten Händen. Das beruhigt.

Um Mitternacht kann ich endlich ins Bett gehen. Da klingelt es plötzlich, gleich dreimal! Jemand ist unten an der Haustür. Soll ich den Hörer abnehmen? Um diese Zeit? Na ja, abheben kann ich ja. Ich muss ja nicht öffnen. Also gut!

„Hallo?"

„Frau Salomon? Guten Abend! Wir bringen Ihren Mann!"

Was denn? Das kann doch wohl nicht wahr sein. Er ist doch gerade erst vor drei Stunden mit dem Rettungswagen ins Krankenhaus gekommen, und nun ist er plötzlich wieder da, mitten in der Nacht! Was ist denn passiert? Kein Bett frei? Kein Bett frei im Bundeswehrkrankenhaus? Das ist ja ein Ding!

Das Bein bereits geschient, Pflaster auf dem Bauch, Pflaster in der Armbeuge – alles für die OP vorbereitet, und nun ist er auf einmal wieder da! Und morgen früh um acht soll er schon wieder im Krankenhaus sein, zur OP! Wie soll er denn da hinkommen? Mit einer gerissenen Achillessehne?

Also umgehend Krankentransport bestellt für den nächsten Morgen, rasch ins Bett und schnell geschlafen und früh um 8:30 Uhr wieder mit Firma Hinz ab zum Bundeswehr-Krankenhaus, vorsichtshalber nüchtern, könnte ja sein, er wird heute noch operiert.

Abends um halb acht endlich ein Anruf, eine krächzende Stimme:

„Bin eben aus der Narkose aufgewacht."

Also schon operiert. Gott sei Dank. – „Schon" ist gut!

Die Nacht nach der OP ist schlecht, der Verband mit Schiene viel zu eng. Quälerei! Ansonsten ist alles zur Zufriedenheit gelaufen. Ein paar Tage wird es aber wohl dauern.

Am Mittwoch, dem 28. Juli, wird Heiner entlassen. Man hat ihm einen Spezialstiefel verpasst, mit vielen Schnallen und mächtig dicker Sohle, die man zwar entfernen, aber nur mit viel Mühe wieder ansetzen kann. Irre Erfindung! Da kommt man vielleicht ins Schwitzen. Von wem stammt bloß dieses Patent?!
Wie geht es nun weiter? Ein Orthopäde soll die Nachbehandlung übernehmen. Einer in der Kastanienallee wird vorgeschlagen. Aber wie soll ein Patient, der nicht laufen kann, da hinkommen, ohne jedes Mal einen Krankentransport in Anspruch zu nehmen?
„Warum in die Ferne schweifen", meint Heiner, „vielleicht gibt es ja einen hier in der Nähe."
Nicht zu fassen – gleich hier um die Ecke im Nachbarhaus ist einer. Näher geht's wirklich nicht. Wir können vom Schlafzimmerfenster aus sogar den Eingang zu seinem Haus sehen. Ein Anruf, eine ganz sympathische Stimme, ein Gähnen zwischendurch. Vielleicht hat er gerade ein Schläfchen gemacht.
„Ja, am Donnerstag um 16.00 Uhr, das geht."
Aber welche Hose anziehen? Keine passt über das dicke Kosmonautenbein, nur eine einfache Trainingshose. Ist egal. Was soll man machen?

Donnerstagnachmittag, 29. Juli 2010, dreiviertel vier. Wir also los. Mit Spitzfuß, krummem Knie und zwei Gehstöcken. Es sind ja nur ein paar Schritte. Wir klingeln an der Haustür. Es dauert ein bisschen, dann surrt es und sie lässt sich öffnen. Parterre links steht schon ein Mensch in der Tür und bittet uns herein. Keine Rezeption, keine Anmeldung, keine Schwester, kein Wartezimmer. Man kommt in einen Raum, der ist etwa zwei Meter breit, eine Art Vorraum, und der geht gleich in einen größeren Raum über. Vorne rechts steht ein Sofa, gestreift in undefinierbaren Farben, keine Ahnung, wie alt das sein könnte. Dort sollen wir Platz nehmen. Da in der Ecke an der Seitenlehne liegt zusammengeknüllt eine alte Decke.

„Aber vorsichtig! Nicht auf die Decke setzen! Da liegt die Post drunter!" (???)

Na, wenigstens keine Ostereier. Wir setzen uns, haben beide gerade mal so Platz. Uns gegenüber sieht man durch die offene Tür in einen Raum mit Fliesen an den Wänden. Aha, bestimmt das Klo.

Der Orthopäde geht erst noch einmal an seinen Schreibtisch und führt sein zuvor begonnenes Telefongespräch in aller Ruhe zu Ende. Zehn Minuten lang. Aber schließlich sind wir zehn Minuten zu früh hier erschienen, also kein Grund, sich aufzuregen. Es geht um hundert Euro, die er von Konto zu Konto überwiesen hat und die eigentlich schon längst hätten da sein müssen, und um noch so einiges mehr.

Wir versuchen, wegzuhören, ist aber nicht so leicht. So haben wir Zeit, uns umzusehen. Auf dem Holzfußboden, der auf neu gemacht ist, liegen große Brücken (Achtung! Rutschgefahr! Dürfte gar nicht sein.), gewebt aus lauter alten Stoffstreifen. Wir hatten mal die gleichen, nur kleiner. Die stammen mit Sicherheit noch aus schlechteren Zeiten, als es so gut wie nichts gab in der DDR. Seinerzeit sind die sehr billig gewesen. Die Möbel, wenn man das überhaupt als solche bezeichnen kann, sehen alle aus wie vom Sperrmüll, lauter zusammengesuchtes Zeug, eigentlich nur Regale oder so etwas Ähnliches, schwarz oder dunkelbraun. An der rechten Wand hängt ein Bild, abstrakt, an der linken Wand zeugen nur noch vier Löcher davon, dass hier mal eines gewesen sein könnte.

Der Schreibtisch ragt schräg ins Zimmer hinein, links davon liegt ein Teppich auf dem Fußboden, einfarbig mit ein paar eingewebten andersfarbigen Quadraten. Vor dem Schreibtisch, genau in der Mitte des Zimmers, sozusagen als kleine Trennwand, ein klobiges schwarzes Regal, etwa brusthoch, und zwischen diesem und dem Schreibtisch ein großer Kübel mit allen möglichen Steinen, großen und kleinen, nicht gerade steril.
Das linke der beiden Fenster ist geöffnet, man schaut hinaus auf den Spielplatz, zum Greifen nah. Von dem ersten Raum geht noch ein Raum ab, die Tür weit auf. Aber man sieht nichts, was an eine Arztpraxis erinnert: Kein Waschbecken, keine Geräte, nichts.

Es klingelt an der Haustür. Der „Doktor" drückt auf den Türöffner. Ein junger Mann tritt ein und wartet mit uns, stehend. Schließlich ist das Telefonat beendet. Der Arzt begrüßt uns jetzt endlich richtig, entschuldigt sich für das Gespräch – seine Tochter, die sei so weit weg, und da sei er froh, wenn er sie mal erwischt – und wendet sich dann dem neuen Patienten zu.
„Und was haben Sie, junger Mann?"
„Ich bin umgeknickt. Gestern Abend."
„Ja, bloß im Moment geht es nicht. Können Sie vielleicht heute Abend um sieben wiederkommen?"
„Da kann ich leider nicht."
„Na dann vielleicht morgen um halb elf oder halb zwölf."
„Ja, gut, morgen halb elf."
Er wurde nicht mal nach seinem Namen gefragt, bekam auch kein Bestell-Kärtchen. Schon merkwürdig! Wer weiß, ob der überhaupt wiederkommt.

Wir werden zum Schreibtisch gebeten. Heiner nimmt Platz, der Arzt gegenüber ebenfalls. Ich bleibe stehen, denn da ist nichts zum Sitzen. Es zieht mächtig, denn die Tür, die zu einem Raum zum Hof hin führt, steht ebenso offen wie das Fenster in diesem scheinbar leeren Raum. Der Blick hinaus zum Hof oder Garten ins Grüne, wunderschön und sonnig, passt so gar nicht zu der altmodischen Einrichtung in dieser Praxis.
„Ihr Gesicht kommt mir irgendwie so bekannt vor", sagt der „Doktor" zu Heiner. „Ich muss mal überlegen. Ja, da gibt es einen, wie heißt er doch gleich? Es ist ein Boxertrainer, ich komme nur nicht auf den Namen, na egal. – Sie kommen also aus der Pappelallee?"
„Nein, wir wohnen gleich hier um die Ecke. Wir sind sozusagen Nachbarn."
„Und worum geht es nun? Haben Sie eine Überweisung?"
„Nein, nur ein Schreiben vom Bundeswehrkrankenhaus. Bitteschön."
„Ja, dann muss ich Ihnen leider erst mal die zehn Euro Praxisgebühr abnehmen."
Er muss einen Zwanzig-Euroschein wechseln. Bin gespannt, ob er überhaupt Wechselgeld besitzt. Und wo ist seine Kasse? Aus der Brusttasche seines Hemdes zieht er zehn Euro. Einen Kittel trägt er nicht, nur Jeans und dieses Oberhemd.
Dann öffnet er das Schreiben und liest laut vor, in einem Affentempo. Hin und wieder ein Wort oder eine Passage, ansonsten murmelt er nur: „Houwououuouou –houououououou" usw.
„Wie ist das denn passiert? Wobei ist die Achillessehne gerissen? Nehmen Sie Spritzen gegen Thrombose? Nur vier?
Die müssen Sie noch länger nehmen.
Ich verschreibe Ihnen noch ein paar. Dann müssen Sie auch immer mal wieder ein paar Kreisbewegungen machen mit

dem Bein, das ist wichtig", usw., usf. „Also dann sehen wir uns am nächsten Donnerstag zum Fädenziehen."

Aus dem Nebenzimmer taucht plötzlich eine weibliche Gestalt auf, geht durch das Sprechzimmer, sieht uns an, grüßt aber nicht und verschwindet wie ein Geist in einem weiteren Raum.

„Ja, wollen Sie sich das Bein denn nicht mal ansehen?", fragt Heiner. „Der Verband müsste gewechselt werden, deshalb bin ich ja hier – zur Nachbehandlung."

„Ja, natürlich. Kommen Sie bitte mit nach nebenan. Legen Sie sich hier auf die Liege!"

Die Liege scheint ebenfalls vom Sperrmüll zu sein, mit rotem Stoff bezogen.

„Hier soll ich mich drauflegen?"

Man erwartet ja, dass irgendein steriles Papier drunter gelegt wird. Nichts da.

„Hier ist eine Decke, die können Sie sich unter das Bein schieben."

Wer weiß, wer mit dieser Pferdedecke schon alles in Berührung gekommen ist!

Nun staunt er aber doch über die komplizierte „Verpackung". So etwas hat er noch nie gesehen: „Seit wann gibt es denn solche Schienen?"

„Die gibt's schon seit zehn Jahren, hat man mir im Krankenhaus gesagt." – Er ist also noch ganz schön „hinterm Mond".

„Na, dann woll'n wir mal! Wie gehen denn die Schnallen auf? Ach, hier, erst mal die Enden aus der Schluppe ziehen, dann den Riemen nach oben ziehen – geht nicht. Ach so, kräftiger hochziehen, ja, dann geht die Schnalle auf. Gleich vier Riemen! So, dann kann man das Gestell abheben, und hinten auch. Nun zeigen Sie mal!"

Das Pflaster lässt sich nicht greifen. Es geht nicht ab. Kein Wunder, da ist nämlich noch eine große durchsichtige Folie drüber, die klebt sehr fest.

„Aha! So, jetzt geht's. Nun noch das Pflaster, na wunderbar. Sieht ja gut aus."

Wohin aber nun mit dem schmutzigen Pflaster? Nirgends ist ein Abfallbehälter. Mal sehen, was er macht. Er zieht eine Schublade auf und lässt es einfach ganz unauffällig darin verschwinden. – Ich glaub', wir sind im falschen Film.

Jetzt reibt er die lange Wunde mit einer Flüssigkeit ein, geht nach nebenan, kommt zurück. Inzwischen finde ich ein quadratisches Pflaster auf dem Fußboden, hebe es auf, lege es auf die Liege, er kommt zurück und will genau dieses auf die Wunde kleben.

„Das hat hier auf dem Fußboden gelegen", kann ich noch schnell einwenden.

„Ach so! Na dann nehmen wir ein anderes". Da er jedoch kein so langes Pflaster hat, klebt er lauter kleine drauf.

„Wie Dachziegel", meint er vergnügt. Dann wieder die Prozedur mit dem Anlegen des Gestells, nicht so einfach, diese komischen Schnallen. Schließlich klappt es.

„Also dann bis nächsten Donnerstag um 16:00 Uhr zum Fädenziehen!"

Er geleitet uns zur Tür.

„Wie lange existiert denn Ihre Praxis schon?", fragt Heiner beim Hinausgehen.

„Acht Jahre, aber im September ziehe ich um, hundert Meter von hier. Gleich da drüben."

„Und wo kommen Sie her? Ich meine, wo waren Sie vorher?"

„In Westdeutschland", antwortet er.

„Irgendwo da unten?", bohrt Heiner weiter.

„Womöglich ein Schwabe? Nee, nee, das wäre ja das Letzte. Ich komme aus Neukölln." Nun ist uns einiges klar. Warum sagt er das nicht gleich? Schämt er sich deswegen? Trotzdem ist er soweit ganz gut zu leiden zwischen all dem altmodischen Gerümpel und wenigstens nicht so eingebildet.

Dann kommt der Donnerstag, an dem die Fäden gezogen werden sollen. Heiner macht noch ein Fußbad, schneidet sich die Nägel und zieht sich um. Fünf Minuten vor vier stehen wir vor seiner Haustür und klingeln. Nichts tut sich, alles ist still. Wir klingeln noch einmal. Wieder nichts. Nanu? Wir sind doch bestellt! Klingeln noch einmal, wollen schon kehrtmachen, da summt die Tür. Wir betreten den Flur. Seine Tür ist schon weit auf, er aber nicht zu sehen, er musste schnell noch mal zum Telefon. Dann bittet er uns gleich in den hinteren Raum mit der roten Schmuddel-Liege.

„Sie kommen zum Fädenziehen? Dann legen Sie sich doch schon mal hin!"

„Wo? Hier auf die Liege?"

„Ja, hier."

„Na, wie? Hier soll ich mich hinlegen? Auf die Liege? Kommt da nicht erst mal ein Tuch drüber?"

„Nein."

„Na, hier muss doch ein Laken oder ein steriles Tuch drüber. Ich weiß doch gar nicht, wie viel Leute da schon drauf gelegen haben." Er überlegt eine Weile.

„Eine Strichliste habe ich nicht geführt. Und Sie liegen ja auf dem Bauch."

Auf dem Bauch! Das ist ja noch schlimmer, finde ich. Mit der Nase da, wo andere schon ihre Nase hatten. Dolle Wirtschaft!

„Ich lege mich nicht auf die Liege, wenn da nicht ein steriles Laken drauf kommt." Schweigen.

Er weiß wahrscheinlich nicht, wie er sich nun verhalten soll, der angebliche Doktor.
„Das ist meine Entscheidung", meint er schließlich ganz lapidar. Die Stimmung kippt. Ich halte die Luft an. Wie wird Heiner jetzt reagieren? Bestimmt werden sich gleich beide anbrüllen. Mal sehen, wer zuerst die Geduld verliert.
Heiner reicht es jetzt:
„Und das ist meine Entscheidung: Geben Sie mir meine Papiere!" Niemand sagt mehr ein Wort. Es herrscht Hochspannung. Ich möchte unsichtbar sein. Wie wird das hier ausgehen? Ohne Streit? Bin gespannt. Da nimmt der Orthopäde ganz ruhig die Papiere aus dem Schubfach, gibt sie Heiner zurück, und wir verschwinden, ohne „Auf Wiedersehen" zu sagen, wir nicht und er nicht. Bloß schnell fort! – Die zehn Euro hat er behalten. Die haben wir uns auch nie wiedergeholt.
Ein Stein fällt uns vom Herzen, ihm wahrscheinlich auch. Der wird genauso froh sein, dass er uns los ist, wie wir, dass wir ihn los sind. Und das ging schneller, als wir zu hoffen gewagt hatten.
Aber was nun? Eigentlich ist es zum Heulen, aber wir müssen lachen, trinken erst mal Kaffee und überlegen, welchen Orthopäden wir als nächsten ansteuern könnten. Die Fäden müssen schließlich gezogen werden. Im Ärztehaus in der Schönhauser Allee finden wir einen „sterilen" Orthopäden. Der Weg dahin, den wir normalerweise in nur drei bis fünf Minuten zurücklegen, dauert jetzt allerdings eine halbe Stunde mit dem kaputten Fuß.
Der Spruch „Warum in die Ferne schweifen? Sieh, das Gute liegt so nah!" stimmt also nicht immer.

Dann ziehen Sie sich mal aus! 2012

Zum Glück hatte ich mal wieder die meisten Arzttermine hinter mir. Alles war soweit in Ordnung. Nur zum Hautarzt sollte ich vorsichtshalber noch gehen.
Es begann ganz harmlos mit der Routine-Untersuchung bei meiner Hausärztin, aber dann kam alles ganz anders. Ich dachte mir, bei dieser Gelegenheit kann ich ihr ja gleich mal den merkwürdigen Fleck an meiner Nasenwurzel zeigen, der mich schon über ein Jahr lang ärgert und der mal größer und mal kleiner ist, mal juckt, mal nicht, mal schuppt, mal nicht. Vielleicht würde sie mir eine Salbe verschreiben. Aber sie meinte, ich solle doch lieber zum Hautarzt gehen, zum Spezialisten.
„O je", meinte ich aus Erfahrung, „da muss man ja fünf Wochen auf einen Termin warten."
„Ach wo, ich gebe Ihnen eine Überweisung und eine Adresse, gleich hier in der Nähe, da kommen Sie ohne Anmeldung ran."
Na gut, dachte ich, und da ich nun schon mal auf dem Weg und auch gerade mutig war, ging ich gleich da vorbei. Der Warteraum war fast leer. Ich durfte bleiben, obwohl nur noch bis zum Mittag Sprechstunde war und dieser Tag ausgerechnet der letzte vor einem dreiwöchigen Urlaub. Schon bald öffnete der Arzt die Tür vom Sprechzimmer und bat mich herein. Er war groß, stattlich, von oben bis unten schwarz gekleidet hatte weißes Haar und einen weißen Bart, sah eher aus wie ein Modedesigner oder ein Magier. – Sein Alter? Bestimmt längst Rentner.
Nun saßen wir uns an seinem Schreibtisch gegenüber, oder besser: über Eck. Er näherte sich meiner Nasenwurzel mit einem Monstrum von Lupe, fast größer als mein Kopf, nur eckig, schaute und überlegte.

„Also, Sie brauchen keine Angst zu haben, es ist nichts Schlimmes, wir müssen nicht operieren, ich verschreibe Ihnen eine Salbe, und nach dem 25. Oktober, wenn wir wieder hier sind, stellen Sie sich noch einmal vor."

Na, das ging ja schön schnell, dachte ich und war froh, denn so langsam drückte meine Blase.

„Haben Sie denn schon mal eine Ganzkörperhautkrebsuntersuchung machen lassen?", fragte er mich da so nebenbei. Wahrscheinlich hat er sich noch etwas fachmännischer ausgedrückt.

„Ja!", antwortete ich.

„Und wie lange ist das her?"

„Zwei Jahre. Na ja, vielleicht waren es auch zweieinhalb. Die Zeit vergeht immer so schnell."

„Es sollte alle zwei Jahre eine Untersuchung gemacht werden, wenn man über fünfunddreißig ist. Und ich nehme an, das sind Sie. Wenn Sie wollen, können wir das auch gleich machen.

Das dauert nur vier Minuten."

„Vier Minuten?"

„Na ja, kommt darauf an, wie lange Sie zum Ausziehen brauchen." – Witzbold!

Vier Minuten, dachte ich, und dann hätte ich erst mal wieder Ruhe. Ist egal, der kennt dich ja nicht.

„Na gut, wenn ich schon mal hier bin."

„Dann ziehen Sie sich mal aus!"

„Wie denn? Wo denn? Gleich hier im Zimmer?"

Ich dachte, wenn jetzt jemand die Tür aufmacht?

Genau gegenüber ist der Warteraum, da sitzen Leute, Männer. Nach mir sind nämlich noch einige Patienten gekommen! Die hätten mich dann genau im Blickfeld. – Egal, hier musst du durch.

Ich zog mich erst mal oben rum aus. Meine Sachen sollte ich einfach auf den Stuhl legen. Einen extra Raum oder wenigstens eine Liege gab es nicht. Es spielte sich alles neben seinem Schreibtisch ab.

Ganz nebenbei bemerkte er, es gäbe kaum noch Frauen, die Röcke trügen, eigentlich schade. Und dann diese Jeanshosen! Neulich sei ein Patient bei ihm gewesen, der hätte alles aus Jeansstoff angehabt: eine Jeanshose, ein Jeanshemd, eine Jeansjacke ...

Das gehörte nun eigentlich gar nicht hierher, dachte ich und war in Gedanken bei meiner Jeansjacke zu Hause. Wenn der wüsste!

Als er oben herum fertig war, musste ich mich wohl oder übel auch noch von Rock, Stiefeln, Strumpfhosen und Unterwäsche trennen. Alles lag dann auf meinem Stuhl und in der Eile ringsherum auf dem Fußboden. Furchtbar: ich so nackt und er so elegant und bis obenhin zugeknöpft! Mir war das so was von peinlich. Ich laufe nicht mal zu Hause nackt durch die Wohnung.

Er meinte, das braucht mir nicht peinlich zu sein; er sei aus dem Alter raus usw. Glaub' ich aber nicht. Der grade! So sah er jedenfalls nicht aus. Männer kommen nie aus „diesem" Alter raus. Und je oller – na ja ...! Was einem da so alles durch den Kopf geht!

Die Fleischbeschauung ging also weiter. Jetzt sollte ich auf dem Stuhl Platz nehmen, machte ich auch, setzte mich auf meine Sachen, er rückte mir mit seinem Stuhl näher auf den Pelz, und – jetzt kommt das Schärfste – nun sollte ich auch noch meine Beine auf seinen Schoß legen. Also nein, das ging ja nun doch ein bisschen zu weit. Meine nackten Beine auf seiner schwarzen Hose? Wie sieht *das* denn aus? Etwas zöger-

lich legte ich mein linkes Bein quer auf seine Oberschenkel. „Das andere auch!" – Also gut, das andere auch. Dann musste ich die Beine auch noch nach außen drehen, das linke, das rechte. Mir blieb auch nichts erspart. Wenn ich hier bloß schon wieder raus wäre, dachte ich. Aber zum Glück hat man ja alles irgendwann überstanden, auch das hier.
Endlich durfte ich meine Beine wieder von seinen Schenkeln nehmen, saß ihm aber noch immer nackt gegenüber, als die Tür aufging und die Schwester hereinkam. Vielleicht wollte sie nur mal nachschauen, warum das so lange dauert, wo ich doch eigentlich nur wegen einer kleinen Sache gekommen war. O Gott, wenn sie drei Sekunden früher hereingeplatzt wäre! Das hätte einen Anblick gegeben! Peinlicher geht's nicht. Bloß schnell wieder anziehen! Zuerst oben? Zuerst unten? Am liebsten alles gleichzeitig. Dann aber doch lieber zuerst unten. Ich war völlig durcheinander. Noch immer war die Schwester im Zimmer. Endlich gingen beide hinaus, und ich warf mich hastig in meine restlichen Sachen.
Draußen hatte sich inzwischen das Wartezimmer gefüllt, so kurz vor Toresschluss. Ich bekam kein Rezept. Der Doktor gab mir eine Dose mit Creme, um mir den Weg zur Apotheke zu ersparen, keine Ahnung, wie sie heißt und keine Ahnung, was ich eigentlich da an der Nasenwurzel hatte und immer noch habe. In der Aufregung habe ich ganz vergessen, danach zu fragen. Das Ganze ist jetzt über vier Wochen her. Geholfen hat die Salbe leider überhaupt nicht, jedenfalls bis jetzt nicht.–
Als ich damals nach Hause kam, stürzte ich gleich an den Computer und schaute ins Internet. Hätte ja sein können, dass ein Foto von ihm und seiner Praxis drin ist. Ein Konterfei gab es nicht, nur lauter Eintragungen von anderen Patientinnen und deren Meinung. Einer Patientin war es genauso wie mir

ergangen: Sie hatte nur einen kleinen Fleck im Gesicht und musste sich gleich vollständig entkleiden, worüber sie maßlos empört war. Gewiss, Hautärzte müssen schließlich den ganzen Körper kontrollieren. Aber Hautarzt ist nicht gleich Hautarzt. Da gehe ich bestimmt nicht wieder hin. Vorstellen muss ich mich allerdings noch einmal bei ihm. Das mache ich ja auch – wenn ich mal wieder sehr mutig bin.

Inzwischen ist einige Zeit ins Land gegangen. Sechs Wochen lang habe ich mir die Salbe, die er mir mitgegeben hatte, regelmäßig auf die Nasenwurzel getupft. Nun fasste ich mir ein Herz, stellte mich wieder bei ihm vor und fragte gleich als Erstes: „Was ist das eigentlich für eine Salbe, die Sie mir gegeben haben? Es steht gar nichts drauf. Vielleicht können Sie mir …?"

Vorsorglich hatte ich einen Aufkleber mitgebracht. Daran sollte es nicht scheitern. Er konnte also nicht kneifen und schrieb folgsam und pedantisch die lange lateinische Bezeichnung der Salbe auf, fragte mich aber, während er seelenruhig schrieb, mit einem kurzen Seitenblick zu mir: „Wollen Sie mich verklagen?"

Auweia! Das saß! Jetzt wäre ich am liebsten im Boden versunken. Da war ich wohl doch ein bisschen zu weit gegangen. War das jetzt sein Ernst? Oder machte er Spaß? Ich kannte ihn viel zu wenig. Inzwischen weiß ich, dass es Spaß gewesen ist, denn wir haben danach ziemlich viel herumgeflachst, das hat sich einfach so ergeben. Aber in diesem Moment …?

Die Salbe hatte überhaupt nichts gebracht, und so wurde ein Termin für eine OP für den 6. Dezember ausgemacht, morgens vorm Aufstehen um 8:30 Uhr! Eigentlich wollte ich ja nie wieder zu ihm gehen, aber nun erst wieder einen anderen Hautarzt in Angriff nehmen, das könnte dauern.

Ich bin immer für „gleich", bevor ich es mir anders überlege. Zwei Spritzen in die Nase und dann hat er alles weggeschabt, was da nichts zu suchen hatte, zwanzig Minuten liegen und warten, Pflaster drauf, fertig.

Nachdem wir genug, man kann fast sagen „geschäkert" hatten – man kann gar nicht richtig ernst mit ihm reden –, verließ ich gutgelaunt die Praxis, erleichtert, alles hinter mir zu haben, lief recht euphorisch die Treppe hinunter, um dann unten vom Treppenhaus seitlich über die Durchfahrt auf die Schönhauser Allee zu gelangen.

Aber da war noch eine ganz kleine Stufe zwischen dem unteren Treppenpodest und dem Flur, die ich im Halbdunkel gar nicht wahrgenommen hatte, und wie ein Geschoss landete ich plötzlich auf der gegenüberliegenden Seite vom Flur, fast mit dem Kopf durch die Wand, konnte mich schnell noch zur Seite drehen, blieb dann aber wie ein Häufchen Unglück auf dem schmutzigen Steinfußboden liegen und konnte vor Schmerzen nicht mehr aufstehen. Da lag ich nun, in mich hinein winselnd und mit einem runden Pflaster auf der Nase, bestimmt ein Bild für Götter, und hoffte, es würde mir irgendjemand helfen. Es kam aber niemand, weder von oben, noch vom Hof oder von der Straße.

Nach einigen Minuten, die mir wie eine Ewigkeit vorkamen, klingelte jemand draußen an der Haustür, vielleicht der nächste Patient. Ich sah eine Silhouette hinter der Glasscheibe. Endlich! Die Tür wurde automatisch geöffnet, und ein junger Mann stürzte gleich auf mich zu, um mir hochzuhelfen, was aber nicht ging. Das linke Knie tat so weh, auch das Schienbein und die rechte Schulter. Er lief nach oben und kam kurz darauf mit dem Doktor höchstpersönlich zurück, und beide schafften es, mich auf die Beine zu stellen.

Die Schwester kam ebenfalls dazu und ließ es sich nicht nehmen, mich untergehakt bis nach Hause zu begleiten, denn es war sehr glatt und matschig draußen. Zum Glück war nichts gebrochen. Ich habe schon langsam Übung im Fallen.

Elf Tage später. Der Schorf auf dem Knie ist immer noch größer als der an der Nase. Heute war ich zum ersten Mal wieder außer Haus unter Menschen, immer noch mit Pflaster auf der Nase, musste mich in der Praxis vorstellen. Der Befund: zum Glück eine harmlose Sache. Trotzdem will er mich im Januar noch mal sehen. Und ich wollte doch absolut nicht mehr hingehen. Bin ich auch nicht.

Hallo, hier ist Christine! 2013

Ein Wochentag im April. Wir hatten gerade das Mittagessen hinter uns, auch den Abwasch, hatten die Wohnung nach unserem Blumenkohl-Essen gelüftet, also richtig Durchzug gemacht, nun konnte der gemütliche Teil des Tages beginnen. Heiner und ich wollten gerade wieder an unsere Computer gehen, da klingelte es auf einmal ziemlich lange. Das heißt, es klingelte nicht an der Wohnungstür, da klingelt es sowieso nicht, da macht es höchstens „Puup!" Früher hatten wir mal eine richtige Klingel und danach einen schönen angenehmen Tür-Gong. Den hat aber der Hausmeister abklemmen müssen, als das Haus nach der Wende eine Sprechanlage bekam. Seitdem macht es nur noch „Puup!", wenn jemand hier oben an der Wohnungstür klingelt.

Jemand war also unten an der Haustür. Wir stellten uns taub, wagten uns nicht an die Sprechanlage. Wer sollte schon zu uns wollen? Besuch oder ein Paket erwarteten wir nicht, wahrscheinlich war es Werbung. Auf die können wir gut verzichten. Oder aber jemand erlaubte sich einen Scherz. Vom Balkon aus war niemand unten vorm Eingang zu sehen.

Da klingelte es ein zweites Mal, wieder ziemlich energisch und anhaltend. Also waren doch wir gemeint, sonst würde derjenige ja aufgeben und woanders klingeln. Ich nahm also den Hörer ab: „Hallo?"

„Ja, hallo! Hier ist Christine!"

„Christine? Welche Christine?" Ich überlegte. Wer soll denn Christine sein? Das war bestimmt ein Irrtum.

„Na, Christine! Ick bin damals mit Mathias zusammen zur Schule jegangen. Ick wollt' ma hör'n, wie's ihm jeht und watter so macht. – Kann ick ma ruffkomm'?"

„Ja. Ja, natürlich", stotterte ich, obwohl ich lieber „Nein" gesagt hätte, und drückte auf die Taste vom Türöffner. Ein bisschen merkwürdig fand ich das Ganze schon, aber im selben Moment war mir ein Licht aufgegangen: Christine! Aber wieso? Wieso kommt sie auf einmal zu uns? Wir haben sie eine Ewigkeit nicht gesehen. Damals waren unsere Kinder noch Teenager. Sie hatte mit Mathias dieselbe Klasse besucht, und eine etwas jüngere Schwester hatte sie auch. Beate.

Da fällt mir gerade ein, von der bekomme ich immer noch einen Netzstrumpf, ganz richtig: einen! Ich hatte ihr einmal für ein Faschingsfest ein Paar nagelneue schwarze, großmaschige Netzstrümpfe geliehen, die ich dann auch irgendwann zurückbekam, als ich schon gar nicht mehr daran geglaubt hatte. Sie lagen eines Tages im Briefkasten, ohne Gruß, ohne ein Dankeschön, sorgfältig zusammengelegt und eingetütet. Aber dann stellte ich enttäuscht fest, dass es nur noch einer war. Was sollte ich mit einem Netzstrumpf? Na ja, ich hab's verkraftet, hätte sie sowieso nie gebraucht.

Die Familie wohnte damals schräg gegenüber von uns im Pfarrhaus, ganz oben, vier Treppen. Sie besaßen sogar schon einen Farbfernseher, den ihnen wohl die Westverwandtschaft vermacht hatte. Der Vater, so weit ich mich erinnere, hatte sich in der Kirche engagiert. Die Mutter war eine sehr sympathische, freundliche und gut aussehende Frau, die jüngste und hübscheste aller Mütter der Kinder aus Mathias' Klasse. Leider starb sie bereits im Alter von 36 Jahren an Krebs. Wie die zwei Töchter das verkraftet haben, weiß ich nicht.

Gewundert hat mich auch, dass die Mädchen kurz danach mit zwei verschiedenfarbigen Strümpfen oder Socken herumliefen, ein Bein rot, eines blau oder so. Heutzutage wäre das wahrscheinlich nichts Außergewöhnliches, aber damals?

Während mir das alles im Zeitraffertempo durch den Kopf schoss, hörte ich, wie sich eine Person schnaufend die Treppen heraufquälte, und plötzlich stand sie vor mir: Christine. Sie tat so vertraut, als hätten wir uns gerade gestern erst gesehen, dabei ist das etwa dreißig Jahre her, bis auf eine kurze Begegnung auf der Straße, aber das liegt bestimmt auch schon fünfzehn Jahre zurück.

Das also ist Christine? Ich hätte sie nicht wiedererkannt. Eine richtige Matrone war sie geworden. Ganz kurze blondierte Haare hatte sie. Als Kind war sie eher dunkelblond.

Na ja, sie wird's wohl sein. Ich schluckte. Sie hatte bestimmt fünfundneunzig Kilo drauf, vermutlich noch mehr. Wir nahmen ihr die gelbe Wetterjacke ab und boten ihr einen Platz im Balkonzimmer an mit Blick auf ihre ehemalige Wohnung, schräg gegenüber.

„Jemütlich habt Ihr's hier", meinte sie und ließ sich erschöpft in den Korbsessel plumpsen. Der brach zum Glück nicht gleich auseinander. Da saß sie nun, mehr breit als hoch. Und weil sie wohl unsere Gedanken lesen konnte, meinte sie:

„Ick entbinde heute Abend."

„Was? Heute Abend? Ist das ein verspäteter Aprilscherz?"

„Nee, isset nich. Det iss wahr. Ick entbinde heute Abend. Oder meenste, ick bin immer so fett?" – Sie duzte uns einfach.

Hm, na ja, dick genug war sie ja, aber schwanger sieht doch irgendwie anders aus, eher kugelig und auf den Bauch beschränkt.

„Heute Abend? Das kann man doch vorher nie so genau wissen. Und dann läufst du hier noch rum? – Und wo denn?"

„Na, zu Hause! Um neunzehn Uhr. – Habter nich wat zu trinken? Ick hab so'n Durscht!"

„Ja, was soll's denn sein?", fragte Heiner.

„Habta Rotwein?"

„Rotwein? Ja, Rotwein haben wir auch."

„Oder 'n Schnaps?"

Wir trinken selten Rotwein, hätten extra eine Flasche aufmachen müssen. Da fiel mir ein: „Wenn du heute Abend entbindest, darfst du doch jetzt keinen Alkohol mehr trinken."

„Ach so, ja, na denn vielleicht 'n Saft oder so wat?"

Saft hatten wir leider nicht. Christine musste sich mit Wasser zufriedengeben. Vielleicht hatte sie das Glas mit gelber Flüssigkeit gesehen, das auf meinem Arbeitstisch stand, musste also annehmen, dass wir irgendeinen Saft hätten. Das fiel uns erst später ein, als sie schon wieder weg war. Es war aber nur Wasser mit Magnesiumpulver, eine Probe aus der Apotheke. Wir hätten sowieso nur diese eine gehabt.

„Ick wollte ja aus der Kirche austreten", fing sie an zu berichten. Deshalb war sie wohl hier in der Gegend und auch drüben im Pfarrhaus. „Aber als ick da hinkam, meinte der Mann da, es wäre niemand da. Ick sachte: Na, Sie sind doch da! – Na ja, ick war da sowieso verkehrt, muss zum Finanzamt, wenn ick austreten will, nich zur Kirche."

„Weißt du denn schon, ob es ein Junge oder ein Mädchen wird", fragte Heiner.

„Nee, weeß ick nich."

„Und was hättest du denn lieber?"

„Na, 'n Mädchen!"
„Und freust du dich?"
„Klar, freu ick mich."
„Ist es dein erstes Kind?"
„Ja, is mein erstet."
Natürlich erkundigte sie sich nach Mathias, was er beruflich so macht und wo er wohnt.

„Ick weeß noch, damals in der Schule hatter für mich mal wat gezeichnet, zum Frauentag, ick kann doch nicht zeichnen. Da hatter mir die Mutter jezeichnet, mit Blumenstrauß und so. Habter nich mal'n Foto von Mathias, ick weeß jar nich, wie er jetz aussieht?"

Ein Foto hatten wir so schnell nicht parat, seine genaue Anschrift und die Telefonnummer verrieten wir auch nicht. Wir hätten ihn ja mal kurz anrufen können, aber wir sagten, dass er gerade in Andalusien sei. Das stimmte zwar nicht ganz, da erst am nächsten Tag sein Flug ging, aber wir vermuteten, dass er diesen Kontakt so oder so nicht gewollt hätte, und außerdem war er bestimmt beim Kofferpacken.

„Er kann mir ja mal schreiben", meinte Christine und gab uns ihre Adresse.

Auch auf die ehemalige Klassenlehrerin, kamen wir zu sprechen. Christine war Klassenbeste an der POS, der Polytechnischen Oberschule, wie die damals in der DDR hieß, und trotzdem durfte sie nicht zur EOS, zur Erweiterten Oberschule, um danach ein Medizin-Studium aufzunehmen.

Kein Wunder: Sie war aufmüpfig und lag politisch nicht auf der geforderten Linie. Einmal wollte sie sogar mit Mathias eine Wandzeitung gegen den „Zwangsumtausch" gestalten. Er war damals der Wandzeitungsredakteur. Ganz klar, dass sie damit bei der Klassenleiterin völlig anecke.

„Die meinte damals, es jäbe doch so viele Berufe, die jebraucht werden. Warum wir bloß alle studieren wollen?" Und als sie so von den alten Zeiten schwafelte, kam sie auf weitere Mitschüler zu sprechen:

„Habta mal wat von Micaela jehört? Ick hab neulich mit ihr telefoniert. Die iss verheiratet und hat drei Kinder. Und von Barbara? Die Mutter war ja janz furchtbar. Die konnt' ick jar nich leiden. Ick weeß ooch nich. Die war so streng."

Sie schilderte uns auch bereitwillig die Krankheit ihrer Mutter, nachdem wir sie danach fragten. Uns hatte diese Tragödie damals ganz schön bewegt. Auf ihren Vater allerdings war sie nicht gut zu sprechen. Zu dem hatte sie gar keinen Kontakt mehr.

Sie redete und redete und gähnte zwischendurch ungeniert mit weit geöffnetem Mund, hatte nicht mal die Kraft, ihre Hand zu heben, um sie davorzuhalten. Was war nur aus Christine geworden! Nicht zu fassen! Stand sie unter Drogen? Oder war sie noch nicht ganz nüchtern vom vorigen Tag? Hatte sie ein oder gar zwei Nächte durchgemacht? Ihr Verhalten war wirklich merkwürdig.

So nebenbei erzählte sie, dass ein Freund ihr neulich ein blaues Ei geschenkt hätte, und dass sie danach furchtbar kotzen musste. Die blaue Farbe sei bestimmt giftig gewesen.

„Aber du hast doch die Schale nicht mitgegessen!"

„Nee, aber die Farbe kam durch die Schale durch."

„Ist dieser Freund der Vater von dem Kind?"

„Nee, der iss nich der Vater."

„Aber du weißt, wer der Vater ist?"

„Nee, weeß ick nich. Kann ooch 'n Mulatte sein oder 'n Türke. Wie soll man det wissen, wenn man …?"

Unsere Unterhaltung wurde immer grotesker.

Wir hatten bisher geglaubt, sie sei lesbisch, und jetzt ist sie auf einmal schwanger! Wobei auch das natürlich kein Hindernis sein muss. Wollte sie uns nun verscheißern oder sollten wir nur nicht annehmen, dass sie wirklich so dick ist? Außerdem müsste sie jetzt so etwa sechsundvierzig Jahre alt sein, eigentlich ein bisschen spät für eine Schwangerschaft.

„Habta vielleicht wat zu essen? Ick muss nämlich noch zum Tätowieren."

„Zum Tätowieren? Heute noch? Und abends entbinden? Du hast ja ein Gemüt!"

„Na ja, det muss so'n bisschen uffjefrischt wern, iss schon so verblasst."

„Das wird aber dann ein bisschen eng mit der Entbindung um neunzehn Uhr."

„Ach, dit macht nüscht, dann verschieb'n wa's eben uff zwanzig Uhr oder neune."

Und wieder lachten wir alle schallend. Es war absurd, aber urkomisch.

„Wie wär's mit Zwieback?", fragte ich sie.

„Au ja!" Ich holte Zwieback.

„Mit oder ohne Butter?"

„Mit Butter!"

Ich beschmierte einen, zwei, drei, vier Zwiebäcke mit Butter. Sie hätte bestimmt noch mehr verdrückt, hat sich aber wohl nicht getraut.

„Habta vielleicht 'n Appel oder so wat? Irjendwat Frischet?"

Natürlich hatten wir auch einen Apfel und ein Messer dazu und eine Mandarine. Sie schnitt sich selbst den Apfel zurecht und verdrückte ihn.

„Kann ick die mitnehm'?" Sie meinte die Mandarine.

„Ja, die kannst du mitnehmen, aber das Messer würden wir gern behalten."

Das sah sie auch ein und musste wieder lachen.

Heiner meinte: „Kannst es ja mitnehmen für'n Kaiserschnitt,

falls nötig." Und schon wieder prusteten wir alle drei los, denn *ein* humoriger Kommentar provozierte den nächsten. Mittlerweile nahmen wir alles nicht mehr so ernst. Christine sowieso nicht.
Sie meinte, am liebsten würde sie ja wieder in die alte Wohnung ziehen, hatte gedacht, die stünde vielleicht leer, weil es so aussieht, hat wohl auch nachgefragt im Pfarrhaus, ist aber vermietet. Ein Glück auch! Das hätte uns noch gefehlt. Dann hätten wir womöglich ständig solche grotesken Besuche. Eigentlich war sie gar nicht mal so schlecht zu leiden, sagte frei heraus, was sie dachte und brachte uns immer wieder zum Lachen. Ironisch ist sie schon als Kind gewesen, womit die Lehrer damals nicht so recht umzugehen wussten.
Nachdem sie noch mehrere Male ungeniert, weit zurückgelehnt und mit geschlossenen Augen wie ein Krokodil gegähnt hatte, wollte sie schließlich weiter zum Tätowierer, ging vorsichtshalber noch mal aufs Klo, schlang sich dann ihren Pullover dekorativ um die Schultern, verknotete die Ärmel, verabschiedete sich fröhlich und wollte zur Tür hinaus. Wir wünschten ihr alles Gute für die bevorstehende Entbindung, an der wir allerdings so unsere Zweifel hatten.
„Halt, Christine! Willst du denn ohne deine Jacke gehen?"
„Nee, natürlich nich. Hab ick janz vajessen. Danke!"
Sie zog ihre gelbe Wetterjacke über. Die ging beim besten Willen vorne nicht zu. Da fehlten mindestens zwanzig Zentimeter. Aber Christine war guter Dinge und wir auch.

Wer hat hier eigentlich wen mehr auf die Schippe genommen: sie uns oder wir sie? Auf alle Fälle ist sie ein richtiges Unikum. Es würde uns nicht wundern, wenn sie eines Tages plötzlich vor der Tür stünde, um uns ihr Baby vorzustellen, und sei es auch nur ein geliehenes.

Spatzenmutter oder Spatzenvater? 2013

„Gehn 'mer Tauben vergiften im Park", so heißt es in einem Text von Georg Kreisler. Aber so etwas machen wir natürlich nicht. Wir füttern die Spatzen, Meisen, Stare, Amseln – und das schon seit vielen Jahren. Spatzen gibt es am meisten. Die kennen uns schon. Sobald sie uns sehen, kommen sie angeflogen, landen direkt vor unserer Parkbank auf dem Weg und schauen uns erwartungsvoll an. Manchmal verfüttern wir vier Scheiben Vollkorn-Toastbrot in einer Stunde, vor allem im Frühjahr, da nehmen einige Vogelweibchen den Schnabel ganz schön voll für ihre Jungen. Und wenn die flügge sind, mischen sie sich unter die Alten und lassen sich immer noch füttern. Man erkennt sie nicht daran, dass sie kleiner sind als die Eltern, im Gegenteil, sie sehen sogar dicker aus als die, aber sie zittern immer, und das bedeutet: „Ich hab Hunger! Ich will gefüttert werden!" Und die schmale Mutter macht das auch und manchmal sogar der Vater.

Es gibt aber auch Tage, da kommen unsere kleinen Freunde nicht sofort angeflogen, entweder weil sie satt sind oder bereits woanders gefüttert wurden. Dann warten wir eben geduldig. Trotz allem ist es nie langweilig, denn es kommen so viele Menschen vorbei, und die sind häufig auch ganz interessant.
Einmal saßen wir wie üblich auf unserer Bank und warteten. Da fiel uns ein Mann auf, der stand etwa fünf Meter von uns entfernt, schräg gegenüber an der Hecke. Er blieb eine ganze Weile dort stehen. Merkwürdig! Die meisten Menschen hasten vorbei oder sie ruhen sich auf einer Bank aus. Dieser Mann aber stand einfach nur da.

Was der wohl im Schilde führte? Wir beobachteten ihn möglichst unauffällig.

Auf einmal hatte er einen kleinen Spatz auf der Hand, und der blieb da auch sitzen, eine ganze Weile. Das war ja ganz was Neues. Ein Spatz auf der Hand, und der fliegt nicht mal weg! Jetzt hob der Mann seine Hand und ließ den Spatz fliegen. Der flog zum nächsten Baum und blieb dort eine Weile sitzen, allerdings nicht lange, dann kehrte er zu dem Mann zurück und setzte sich auf dessen Schulter. Der stubste ihn an, der Spatz flog weg, war aber sofort wieder da. So was! Ob man Spatzen dressieren kann? Das gibt's doch nicht. Wenn wir das jemandem erzählen – das glaubt uns kein Mensch.

Heiner wollte es nun genau wissen, stand auf und ging zu dem Mann hinüber, um ihn auszufragen. Als er zurückkam, erzählte er, der Mann hätte vor etwa drei Wochen diesen jungen Spatz auf der Straße gefunden, der hatte noch nicht mal richtige Federn, war vermutlich aus dem Nest gefallen. Das hat ihm so leid getan. Er nahm das arme Ding mit und päppelte es zu Hause auf, war praktisch seine Ersatzmutter. Nun wollte er den Spatz in die freie Natur entlassen, denn er kann ihn ja nicht ewig in der Wohnung behalten. Aber der will einfach nicht. Er ist so anhänglich, kommt immer wieder zurück zu ihm. Er wusste nicht, was er nun machen sollte. Nur eines wusste er: Wenn er wieder mal einen Vogel findet, der aus dem Nest gefallen ist, den nimmt er bestimmt nicht mehr mit, um ihn aufzupäppeln.

Wie die Sache ausgegangen ist, wissen wir nicht, weil wir nach Hause mussten. Aber wir hoffen, der kleine Kerl genießt jetzt seine Freiheit und hat sich mit den anderen Spatzen angefreundet.

Aus heiterem Himmel
– fast eine Weihnachtsgeschichte – 2013/14

Auf einmal war es da, aus dem Nichts, als wäre es vom Himmel gefallen. Mitten im ungemütlichen kalten, grauen November, an einem Sonntagmorgen, im zweiten Stock auf unserem Balkon, ganz in der Ecke eines der Blumenkästen, im Schutze einer fast verblühten lachsfarbenen Geranie, da hat es sich eingenistet: ein Stiefmütterchen, ein ganz frisches, samtenes dunkellilafarbenes Stiefmütterchen mit einem weißen Gesichtchen und einem gelben Punkt in der Mitte.

Noch nie hatten wir Stiefmütterchen auf dem Balkon, nur immer Geranien. Die vertragen im Sommer die Sonne gut und bleiben uns im Herbst lange treu. Und nun auf einmal steht es da, das kleine zarte Blümchen. Stiefmütterchen sind an sich nichts Besonders, zumal sie meist in Massen auftreten, da beachtet man sie fast gar nicht. Aber dieses eine hier, kein großes, aber auch kein kleines, sondern ein mittleres, so etwa drei Zentimeter im Durchmesser, das ist wie ein kleines Wunder! Das rupfen wir nicht einfach raus wie Unkraut. Das behalten wir, das macht uns Freude.

Jeden Morgen und auch mehrmals am Tage schaue ich nach ihm, streichle es, rede sogar mit ihm. Es ist fast das gleiche Gefühl, als wäre einem eine fremde Katze zugelaufen, die keine Bleibe hat und sich bei uns gleich wie zu Hause fühlt. Die könnte man auch nicht einfach vor die Tür setzen.
Nach einer Woche steht es noch immer unverändert in der Kälte. Ich hab es richtig lieb gewonnen. Was wird aber mit ihm, wenn der Frost kommt? Für die nächste Nacht wird bereits Frost vorhergesagt. Ich möchte mein zartes Blümchen so gerne erhalten, solange wie möglich. Vielleicht sollte ich es in einem dicken Buch pressen, dann kann ich es mir noch viele Jahre lang ansehen. Aber dafür müsste ich es ja abpflücken, und das täte mir doch sehr leid.
Der Nachtfrost kommt wie vorhergesagt. Am Morgen danach schaut mich mein Stiefmütterchen nicht wie üblich an. Es lässt sein Köpfchen hängen. Schade, nun ist es wohl hinüber! Ich hätte es doch abpflücken sollen. Aber schon im Laufe des Vormittags erholt es sich wieder, und nun steht es da wie alle Tage.
Der November ist fast zu Ende, nur noch zwei Tage. Die Sonne wagt sich zwar heute hervor, aber der Wind, der ist eisig. Mein Stiefmütterchen duckt sich zunächst, richtet sich dann aber mutig wieder auf. Nun zittert es vor sich hin, und ab und zu wird es heftig durchgeschüttelt. Sein Köpfchen wird sogar hin und wieder fast auf den Boden gedrückt. Vielleicht sollten wir es ausgraben, in einen kleinen Blumentopf pflanzen und ins warme Zimmer holen. Ich schaue mir sein liebes Gesichtchen genauer an. Es sieht aus wie das eines kleinen weißen, wuscheligen Hundes vor einem dunkellila Hintergrund. Wie heißen doch die Hunde? Ich glaube: West Highland White Terrier. Ja, genau so, ganz lieb. Nur sein Näschen, das ist nicht schwarz, sondern gelb.

Der Dezember ist da, der 1. Dezember und gleichzeitig der 1. Advent. Und mein Stiefmütterchen steht unverändert in der Kälte. Nun muss ich mich doch mal im Internet schlau machen über diese kleinen zarten und doch so robusten Pflänzchen. So ein hübsches wie meines finde ich da allerdings nicht. Nur große einfarbige, gelbe, fliederfarbene, rotbunte oder blaue, häufig mit ziemlich lappigen Blütenblättern sehen mich da an mit verknautschten Gesichtern, griesgrämig, mürrisch, genauso wie man sich böse Stiefmütter vorstellt.

Es könnte vielleicht ein Großblütiges Ackerstiefmütterchen sein, kleiner als die normalen, jedoch größer als die wilden. Aber hier mitten in Berlin ist nirgends ein Acker, höchstens ein paar verwahrloste Flächen Bauland mit Unkraut. Verwahrlost sieht es nicht aus, ganz im Gegenteil.

Im Internet lese ich auch, dass Stiefmütterchen sogar Frost vertragen. Ich muss mir also gar keine Gedanken machen, ob ich es ins Zimmer holen oder in Meyers Lexikon pressen sollte, um mich noch lange an ihm erfreuen zu können.

Morgen ist Nikolaustag, und noch heute Abend soll das Orkantief Xaver Berlin erreichen, das mindestens mit Windstärke 12 von der Nordsee her kommt. Es wird doch nicht etwa mein kleines Stiefmütterchen rausreißen? Als Schutz bekommt es von uns vorsichtshalber eine durchsichtige Glocke übergestülpt, einfach aus einer Wasserflasche zurechtgeschnitten, aber oben offen gelassen, damit es auch atmen kann. Mal sehen, was „Xaver" mit ihm macht.

Es hat die Nacht überstanden, und heute, am Nikolaustag, hat es sogar hübschen Besuch bekommen: eine lachsfarbene Geranienblüte ist zu ihm hereingetanzt und leistet ihm ab jetzt Gesellschaft. Den Schneesturm haben die beiden gut überlebt, obwohl sich viele Flocken sogar in die Glocke verirrt haben. Die sieht jetzt fast aus wie aus Kristall.

Am 2. Advent steht mein Stiefmütterchen immer noch unverändert in seinem „Glashaus", am 3. Advent auch noch, nur das kleine Geranienblütenblatt ist zusammengeschrumpft. Jetzt sind überhaupt sämtliche Geranien verblüht bis auf eine weiße. Die steht gleich neben dem Stiefmütterchen und wundert sich wahrscheinlich über diesen kleinen unverwüstlichen Exoten.
Nachts ist es jetzt doch schon ziemlich kalt. Das niedliche weiße Hundegesichtchen ist leicht lila angehaucht. Das kann uns Menschen bei Kälte auch passieren, dass wir bläulich anlaufen, nur bei uns sieht das längst nicht so hübsch aus.
Gestern war der 4. Advent, und morgen ist schon Heiligabend. Schnee haben wir nicht, dazu ist es viel zu warm. Morgen sollen sogar vierzehn Grad plus werden, für unseren Liebling umso besser, allerdings auch Sturm. Etwa schon Frühlingsstürme? Egal, die Glocke wird unser Blümchen schützen.

Gern würde ich ihm einen Namen geben, irgendetwas Originelles, aber dazu müsste ich erst einmal wissen, ob unser Stiefmütterchen männlich oder weiblich ist. Mütterchen sind bekanntlich weiblich, und Stiefväterchen gibt es nicht, jedenfalls nicht solche. Es ist wie ein Kind, also ist es sächlich. Aber eine Sache ist es auch nicht, für uns ist es ein kleines Lebewesen, über das man sich jeden Morgen und mehrmals am Tage einfach freuen muss. Es ist so tapfer, das Kleine! Sogar Petrus meint es gut mit ihm. Wir Menschen hätten lieber Schnee an den Weihnachtsfeiertagen gehabt wegen der schönen Stimmung, aber es sind fast frühlingshafte Temperaturen. Es sieht aus, als wollte unser Stiefmütterchen durchhalten und morgen in der Silvesternacht das neue Jahr begrüßen. Bin gespannt.

Das wird vielleicht noch eine endlose Geschichte, und wenn der Frühling kommt, steht es womöglich immer noch hier im Blumenkasten. Das wäre natürlich fantastisch.

„Ein wunderschönes neues Jahr!", wünsche ich meinem Stiefmütterchen am Morgen des 1. Januar 2014. „Bleib uns bitte noch recht lange erhalten, so haben wir doch an jedem Tag eine kleine Freude. Uns würde direkt etwas fehlen ohne dich!"
Ob es mich versteht? Ob es mich überhaupt hören kann? Wohl eher nicht, denn selbst die lauten Silvesterknaller haben ihm nichts ausgemacht. Riechen kann es auch nichts, sogar den Gestank der Raketen und die dicke Luft hat es verkraftet.
Ach, das Kleine, eigentlich ist es doch arm dran: Es kann nicht laufen, nicht sitzen oder sich umdrehen, kann nichts hören, nichts sehen, kann nichts riechen, nichts sagen, kann die Augen nicht schließen, kann weder lachen noch weinen, es kann gar nichts – außer uns Freude machen, indem es einfach nur da ist. Aber ist das nicht schon eine ganze Menge?
Ja, aber wie lange noch? Die Nächte sind jetzt ziemlich kalt. Am 4. Januar lässt unser Stiefmütterchen seine großen lila Blütenblätter ein wenig hängen, wie kleine Elefantenohren. Sein Gesichtchen ist fast verdeckt.
Am Sonntag, dem 5. Januar, muss unser Weihnachtsbaum dran glauben. Schade, aber ab Montag werden die Bäume von der Stadtreinigung eingesammelt. Wir bringen ihn also runter und stellen ihn neben ein anderes kleines Bäumchen, das schon jemand ausrangiert hat. Da ist es nicht so allein, und wir können es vielleicht doch noch ein paar Tage lang von hier oben beobachten. Letztes Jahr war es so stürmisch, dass unser Baum jeden Morgen an einer anderen Stelle lag.

Diesmal ist es anders. Als wir am Montag früh aus dem Fenster schauen, ist er gar nicht mehr da, schon abgeholt, während wir noch schliefen.
Und unser Stiefmütterchen? Das ist auch ganz traurig. Es lässt das Köpfchen hängen, drückt es an die „Scheibe" seines Glashäuschens. Von seinem Gesichtchen ist nun gar nichts mehr zu sehen. Kein Wunder – in der Nacht hat es Frost gegeben. Müssen wir nun Abschied nehmen? Erholt es sich noch mal? Sollte ich es doch noch pressen für die Ewigkeit? Aber dafür ist es jetzt schon zu schlapp. Oder sollen wir es ins Zimmer holen, ins Warme? Was ist richtig? Wir wissen es nicht und machen erst einmal gar nichts.

„Man soll es auch nicht übertreiben", höre ich da. Ist ja auch wahr. Kurz entschlossen pflücke ich es ab, versuche sein Gesicht zu glätten und lege es auf ein Zellstofftaschentuch in den Band 17 von Meyers Lexikon. Da zwischen den Seiten 378 und 379 bei den „Grundrissen von Stadttypen des Mittelalters" ist jetzt seine neue Bleibe, vorübergehend natürlich. Ich beschwere das Ganze noch mit Band 15 und 16, und nun heißt es, abwarten. Bin schon neugierig, bleibe aber eisern und schaue nicht nach.
Eigentlich hätte ich Band 13 nehmen sollen (Speic bis Tribo), Seite 203. Da lese ich, dass das Gemeine Acker-Stiefmütterchen zwar ein Ackerunkraut ist, aber als Heilpflanze verwendet wird für Tee, während das großblütige Garten-Stiefmütterchen ein Bastard aus mehreren Arten ist. Na also, es ist doch etwas Besonderes. Aber bei uns kommt es nicht in den Tee, sondern bleibt uns für immer erhalten – im Lexikon.
Hoffentlich!

Und heute, Weihnachten 2016, sieht es immerhin noch so aus:

Vom Dach gefallen 2014

Nanu, was ist denn das? Sieht ja aus wie ein Stück vom Vogelnest! – Na klar, ist es auch. Es muss vom Dach gefallen sein. Nun liegt es auf unserem Balkon. Aber wo sind die Eier? Oder die Jungen?

Ach, dort hinter der grünen Gießkanne, da hockt ein kleines halbnacktes Vögelchen. Es lebt noch, obwohl es über zwei Stockwerke tief gefallen ist, das arme!

Was nun? Sicher hat es Hunger. Und kalt ist es auch. Ich hole einen flachen Karton, mache ihm ein „Bettchen" aus Zellstofftaschentüchern, setze es hinein und decke es zu. Dann versuche ich, es mit eingeweichtem Zwieback zu füttern, aber es will nicht so wie ich. Immer wieder läuft es davon und versteckt sich. Da kann man nichts machen. Jedes Mal, wenn ich komme, um nach ihm zu sehen, ist es verschwunden.

Am Nachmittag beobachte ich zwei Spatzen, vermutlich die Eltern. Sie sitzen aufgeregt auf der Balkonbrüstung und „unterhalten" sich in der Vogelsprache mit dem Kleinen, fliegen weg und kommen wieder und so fort. Vielleicht bringen sie ihm sogar Futter. Oder sie versuchen, ihr „Kind" irgendwie zu retten. Das geht natürlich gar nicht. Wie denn auch? Ich höre nur, dass da draußen einiges los ist, möchte aber nicht dazwischengehen, muss abwarten, was passiert!
Hin und wieder mache ich aber doch Visite auf dem Balkon, und jedes Mal hat sich das kleine Spätzchen verkrochen.
Am Nachmittag höre ich plötzlich nichts mehr, weder das Kleine noch seine Eltern, schaue nach, aber das Junge ist verschwunden, sitzt auch nicht in der Ecke hinter der Gießkanne oder dem Beutel mit Blumenerde. Es ist einfach weg.
Das kann doch nicht sein, dass die Spatzeneltern ihr Junges gerettet haben! Die können es doch nicht einfach so im Schnabel davontragen. Merkwürdig! Aber ich muss mich wohl oder übel mit diesem ungelösten Fall abfinden.

Am nächsten Tag ist das Spätzchen natürlich auch nicht wieder da, und am übernächsten auch nicht. Das lässt mir keine Ruhe. Irgendwo muss es doch abgeblieben sein. Ich untersuche nochmals alle Ecken und will gerade wieder zurück ins Zimmer gehen, da sehe ich plötzlich so etwas Komisches, eingeklemmt zwischen „Tür und Angel".
O je! Da ist es, mein kleines Spätzchen! Jedenfalls das, was noch von ihm übrig ist. Ich selbst hab es umgebracht. Und nicht nur einmal! Mir tut es unendlich leid.

Weniger Füße wären mehr   2015

Sie sitzt plötzlich mitten auf unserem Kaffeetisch. Wahrscheinlich ist sie von der Birke gefallen. Jedenfalls ist sie auf einmal da und zum Glück nicht in der Kaffeetasse gelandet.

„Iiih!" – Irgendwie hab ich ja was gegen Raupen und alles, was so langsam krabbelt wie Spinnen, Käfer, Nacktschnecken und dergleichen. Dabei tun sie einem doch gar nichts. Und wenn man sie genauer betrachtet, sind es meist kleine Wunderwerke der Natur, egal, ob Mistkäfer, Raupe oder Spinne.

Diese Raupe hier ist auch so ein Wunderwerk. Sie sieht, ehrlich gesagt, richtig hübsch aus, ist grasgrün, hat schmale rotweiße, leicht geschwungene Schrägstreifen an der Seite und dazu jeweils noch einen gelben Punkt. Wo vorne und wo hinten ist, kann man nur vermuten. Wir denken, vorne müsste da sein, wo sie eine Art gebogenes Horn auf der Stirn trägt, aber dann stellen wir fest: Das ist ein Stachel am Hinterteil, und vorne muss demnach am anderen Ende sein.

Heiner hat seinen Spaß daran, sie mit einem Blatt zu kitzeln oder sie über seine Hand laufen zu lassen und dann über die andere Hand, über den Tisch, einen Zweig oder über ein Stück Papier. Die arme Raupe weiß gar nicht, wo sie hin soll, aber wahrscheinlich auch nicht, wo sie hin will. Wir auch nicht. Sie arbeitet sich immer mal wieder bis zur Tischkante vor und droht, von dort über Bord zu gehen.

Da hat Heiner schließlich Erbarmen mit ihr und lässt sie etwa einen Meter tief von der Terrasse in den Sand fallen. Mal sehen, was sie nun macht. Wir können sie gut beobachten, hier vom Geländer aus. Sie rappelt sich auf, macht sich sofort zielsicher auf den Weg und steuert die große Birke an, die ist nur etwa einen Meter entfernt. Aber das dauert!

Irgendwann ist sie da angekommen, und nun kraxelt sie an dem, zum Teil zerfurchten, zum Teil glatten Stamm empor. Das ist mühsam, aber sie arbeitet sich langsam hoch und höher. Wir lassen sie nicht aus den Augen, wenn das auch äußerst zeitraubend ist. Endlich ist sie mit uns auf Augenhöhe angelangt, gibt aber nicht auf. Sie muss weiter, immer höher, hält sich nun etwas rechts. Jetzt ist sie fast am Vogelfutterhäuschen angekommen.

O je, da landet eine Amsel auf dem Ast, etwas höher, links am Baum. Hoffentlich sieht sie die Raupe nicht! Aber nein, sie sitzt nur und guckt in die Gegend, kann sie wohl von da auch gar nicht sehen, dann müsste sie um die Ecke schielen. Nein, sie sitzt nur gelangweilt da und ahnt nichts von dem fetten Brocken, schräg unter sich.

Na, Gott sei Dank! Keine Gefahr. Und dann scheint sie wohl endlich wegfliegen zu wollen. Wir sind erleichtert. Sie breitet ihre Flügel aus, erhebt sich von ihrem Ast und, hast du nicht gesehen, schnappt sie sich doch blitzschnell die leckere Raupe und fliegt mit ihr davon. Was sagt man dazu? Nichts!
Wir kriegen den Mund gar nicht mehr zu.

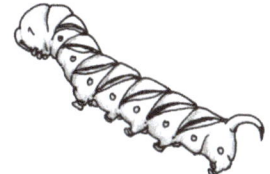

Seelöwenstraße? 2015

Kennt zufällig irgendjemand die Seelöwenstraße? In keinem Verzeichnis und auf keinem Stadtplan ist sie zu finden, nicht einmal im Internet.

Aber es gibt sie – schon über ein Jahr, und zwar in Berlin, im Prenzlauer Berg. Man muss nur von der Schönhauser Allee in die Dänenstraße einbiegen, die verläuft parallel zur S-Bahn, dann stößt man an der nächsten Ecke direkt auf die „Seelöwen Straße", und die geht von hier rechts ab und durch bis zur Bornholmer Straße. Wir haben den Beweis – das Straßenschild! Schwarz auf weiß.

Aber warum heißt sie Seelöwenstraße? Hier gibt es doch gar keine Seelöwen, und bestimmt hat es hier auch noch nie welche gegeben. Na gut, wir kennen ja zum Beispiel auch mindestens eine Goethestraße, obwohl der Herr Geheimrat Johann Wolfgang von garantiert noch nie da herumspaziert ist. Aber Seelöwen, hier, schon gar nicht.

Mit Sicherheit hat sich da irgendein Spaßvogel einen Scherz erlaubt, einfach zwei Pünktchen auf das „o" gesetzt und das „r" in ein „n" verwandelt. Ist doch lustig!

Die zuständige Behörde hat es noch nicht mal bemerkt – oder aber Humor bewiesen, denn sonst hätte das längst jemand geändert. Fragt sich nur, wie lange der Humor anhält.

Nichts ist von Dauer. Anfang Februar 2016 führt unser Weg uns wieder mal zur Seelöwenstraße, aber es gibt sie nicht mehr. Schade! Sie heißt jetzt wieder so wie früher, seit 1903: Seelower Straße – Ordnung muss eben sein!

Und zum Schluss noch einige von Heiners ungewollten

Versprechern

– „urrechtsheberlich geschützt!" –

Köpfchen anstrengen! Was hat er wohl gemeint?

„Ein Bringmitsel!"

„Der Interpretät …"

„Testung Warenstift"

„Ist doch wunderherrlich, die Lampe!"

„Auf alle Fälle haben wir deine Tasche mal eingenutzt."

„Woll'n wir mal den neuen Käse anprobieren?"

„Nee, wir können ja zuerst mal den Karzer aufessen."

„Dann kauf' ich mir lieber Kartoffeln und mach' mir schnelbst ein Gericht."

„Das ist nicht so zeitaufraubend."

„Ich trink' die Taffee nachher."

„Den Film von Reich-Ranicki, den schucken wir uns an."

„Das kann ich mir gedacht."

„Dass der so glimpflos davonkommt!"

„Ist die Zunge erst einmal gebrochen …"

„Der geht ein, wenn du den umtanzt!"

„Er hat doch praktisch alle verekelt."

„Die Quam …"

„Das war meine größte Besorgung."

„Kein Hahn würde sich nach dem drehen!"

„Ich muss noch ein bisschen einwärmen."

„Ich werde mir noch meine Fägel ... äh, Fingernägel machen."

„Morgen um acht eröffnet das Rathaus-Zentner in Pankow."

„Da hab ich ja richtig geschippt."

„Ausweglare!"

„Und lass es 3.000 kosten, den Steck und die Ducke!"

„Da weiß ich erst mal informiert."

„Drei Brunzen im ... Äh! Drei Münden im ..."

„Zieh' die andere Hose aus!"

„Dass wir das nicht überhetzen!"

„Nich putschen! Nich pielen!"

„Das ist nicht so wimm!"

„Da hab mal keene Bangst!"

„Kannst noch bissel Zeit!"

„Bloß keinen Schädelhalsbruch!"

„Es ist doch eine Schweiße! Was meinst du davon?"

„Aber da lassen wir uns nicht unterbringen!"

„Als ich losfing ..."

„Da war das Bein wie käsetot."

„Komisch, ich hatte das gleich so im Ruin."

„Ich weiß gar nicht, wo mir der Kopf zuerst steht."

„Da muss ich wohl doch ein bisschen eingeschnickt sein."

„Ich muss nächste Woche mal die Batterie ausladen."

„Das geht ruck-fix."

„Dann kommen wir noch ein bisschen schlotter voran."

„Ich hab' schon ganz lange gedauert."

„Heute saß eine Dromsel auf unserem Balkon."

„Ich hab gleich den Braten durchrochen."

„Da sind so Pendelverzüge."

„Da fehlt mir noch eine Lücke!"

„Das hab ich gar nicht übersehen!"

„Erst mal essen, und dann können wir uns ja mal die Füße ein bisschen verschnaufen."

„Ein bissel können wir noch auflüften."

„Alle Männer hat sie abgeköpft!"

„Das geht ja überhand!"

„Die Merkel ist ganz schön abgekocht, äh, aufgebrüht ..."

„Ich wollte nur fragen, woran der Fehler liegt."

„Ham wa ja gut abgetroffen!"

„Da hau' ich zu, da schlag' ich rein!"

„Da quollen ihm die Augen aus den Augäpfeln."

„Bringt ja kein' Zweck!"

„Es geht ja jetzt erst mal um den Kerzengeduft."

„Mühsam läppert sich das Eichhörnchen."

„Da kann man nicht anders meckern!"

„Oder ist das nicht verkehrt ausgedrückt?"

Isa Salomon

EIN REGENWURM WAR SO ALLEIN...
Erlebtes, Erdachtes, Stibitztes

Paperback, 132 Seiten, 130 Abb.
Books on Demand GmbH
Norderstedt 2009
ISBN 9783833450594

Die Natur belauscht, das alltägliche Leben beobachtet, kuriose Zeitungsmeldungen nach eigener Fantasie ausgeschmückt – so sind mit Herz und Humor über hundert kurze und längere, reich illustrierte Verse und Gedichte entstanden, die wohl jedem Leser, Groß und Klein, ein verstecktes Lächeln entlocken.

Isa Salomon

DER KAISER IST NACKT!
... und Dornröschen kommt ins Guiness-Buch

Paperback, 124 Seiten, 55 Abb.
Books on Demand GmbH
Norderstedt 2009
ISBN 9783837093728

Märchen aus der Kinderzeit, bekannte, aber auch weniger bekannte, in erfrischende Verse gesetzt, garniert mit vielen kleinen Zeichnungen der Autorin, ein Lesespaß, gleichermaßen für Erwachsene und Kinder

Isa Salomon

GEZEICHNET UND GEPINSELT

Hardcover (21x30 cm)
188 Seiten, 468 Abb.
Books on Demand GmbH
Norderstedt 2015
ISBN 9783738613360

Neben der akribischen Auftragsarbeit entstanden auch immer zahlreiche Zeichnungen, Skizzen, Studien, Öl- und Acrylbilder, Logos und anderes, einfach aus Spaß am Probieren und Experimentieren oder als Urlaubserinnerungen. Eine Auswahl von beidem – Hobby und Beruf – zeigt dieser Katalog mit rund 400 Abbildungen, ergänzt durch zahlreiche Fotos sowie Kommentare und kleine Anekdoten,
stets mit einem zwinkernden Auge gesehen.

Isa Salomon

KINDERLANDVERSCHICKT

Paperback, 160 Seiten, 120 Abb.
Books on Demand GmbH
Norderstedt 2010
ISBN 9783839167922

Die Briefe und Tagebücher der damals 12- bis 15- jährigen Autorin lassen uns teilhaben am KLV-Lagerleben zwischen 1942 und 1945 auf Usedom, in Mähren, im Riesengebirge und Harz.
Die Schilderungen vom Ende des Zweiten Weltkrieges aus einer ungewohnten Perspektive sind zweifellos ein seltenes Dokument der Zeitgeschichte.